Vuelve a amar tu caos y el roce de vivir

Albert Espinosa (Barcelona, 1973) es actor, director, guionista e ingeniero industrial, además de creador de las películas *Planta 4.ª*, *Va a ser que nadie es perfecto*, *Tu vida en 65'*, *No me pidas que te bese porque te besaré* y *Live is Life*. Asimismo, es creador y guionista de la serie *Pulseras rojas*, basada en su libro *El mundo amarillo* y en su lucha contra el cáncer, y de *Los espabilados*, basada en *Lo que te diré cuando te vuelva a ver*. También ha publicado los éxitos *Si tú me dices ven lo dejo todo... pero dime ven*, *Todo lo que podríamos haber sido tú y yo si no fuéramos tú y yo*, *Estaba preparado para todo menos para ti*, *La noche que nos escuchamos*, *Qué bien me haces cuando me haces bien* y, recientemente, *Cree en los sueños y ellos te crearán*.
El total de su obra literaria se ha publicado en más de cuarenta países, con casi 3 millones de ejemplares vendidos en todo el mundo.

Para más información, visita la página web del autor:
www.albertespinosa.com

También puedes seguir a Albert Espinosa en Facebook, X e Instagram:
[f] Albert Espinosa
[X] @espinosa_albert
[o] @albertespinosapuig

Biblioteca

ALBERT ESPINOSA

Vuelve a amar tu caos y el roce de vivir

DEBOLS!LLO

Papel certificado por el Forest Stewardship Council®

MIXTO
Papel | Apoyando la
silvicultura responsable
FSC® C117695
www.fsc.org

Penguin
Random House
Grupo Editorial

Primera edición en Debolsillo: marzo de 2025

© 2024, Albert Espinosa Puig
© 2024, 2025, Penguin Random House Grupo Editorial, S. A. U.
Travessera de Gràcia, 47-49. 08021 Barcelona
Diseño de la cubierta: Penguin Random House Grupo Editorial
Imagen de la cubierta: © Albarran Carrera

Printed in Spain – Impreso en España

ISBN: 978-84-663-7455-2
Depósito legal: B-604-2025

Compuesto en Comptex & Ass., S. L
Impreso en Black Print CPI Ibérica
Sant Andreu de la Barca (Barcelona)

P 3 7 4 5 5 2

Quizá llegó porque tocaba cambiar.
Quizá llegó porque lo deseaba.
Quizá llegó para mejorar.
Quizá llegó y desaparecerá.
Lo único que es seguro es que nada
puedo hacer, excepto esperar.

A. H. THOMAS

Haz lo que te es propio, que nadie te desvíe.

PITÁGORAS

Índice

PRIMER BAILE – TANGO
«El barquito chiquitito» (I)

Segundo baile – Bolero
«El barquito chiquitito» (II)

Tercer baile – Rock and roll
«El barquito chiquitito» (III)

Cuarto baile – Vals
«El barquito chiquitito» (IV)

Prólogo

4 bailes es una obra de teatro que escribí por el año 2002, hace más de dos décadas. Fue la última con la que sentí que me resquebrajaba al crearla. Tardé años en amarla; la cedí a otros, que la montaron, y luego tuvo su periplo por Europa y Latinoamérica. Siempre que iba a ver uno de esos estrenos me pasaba algo muy bello: era como si la obra me amase, como si tuviera vida propia. Personas, lugares y actores acababan fascinados con la energía de esa historia y algo los cambiaba por dentro.

Pero, como digo, tardé en enamorarme de ella, aunque no paraba de mandarme señales.

En 2009 la monté como la última obra de mi grupo de teatro Los Pelones. Yo interpreté al canguro, y aquello me marcó. Entendí por fin a la perfección a aquel chaval protagonista y me di cuenta de lo mucho que tenía que ver conmigo aunque estuviéramos tan alejados. A la vez, noté que *El mundo azul. Ama tu caos* estaba ya allí años antes de que lo escribiera.

Desde aquel flechazo, deseé convertirla en una novela de esas que te tocan el corazón, sobre todo porque sabía que, en realidad, en esa historia sobre unos personajes perdidos había algo que podía ayudar a muchos.

No quería que fuera solo una novela; deseaba que también oliera a cine, a teatro y a literatura. De alguna manera, este libro que tenéis en las manos mezcla a la perfección todos los mundos que he tocado: libros, teatro, películas y series. Cada baile me permitía crear un nuevo estilo y una nueva forma de contarlo a través de diferentes narradores y formas de dialogar en el texto. Y, a medida que la adaptaba, más se alejaba de *4 bailes* y más se acercaba a *El mundo azul. Ama tu caos*.

Y es que esta historia se ha convertido en la continuación de ese «Ama tu caos» que tanto os habéis tatuado. Necesitaba saber qué fue de Azul desde que lo dejé hace diez años en ese avión. Es difícil expresar el placer que he sentido reencontrándome con una de mis novelas favoritas.

No os preocupéis si no habéis leído *El mundo azul. Ama tu caos.* Podéis disfrutar de esta historia sin haber sentido la otra novela. Son dos cuentos autónomos, y cuando viajéis de uno a otro disfrutaréis todavía más. El orden no altera lo que sentiréis con ambos.

Os quiero, lectores, deseo que améis siempre vuestro caos y el roce de vivir. Bailad y sed felices.

ALBERT ESPINOSA
Barcelona, febrero de 2024

PRIMER BAILE
TANGO

El tango siempre introduce una historia. Su música te lleva a iniciar relaciones y a sentir pasiones. Baila un tango si deseas conocer a alguien: sus pasos te mostrarán sus debilidades, sus miedos supurarán al ritmo de la melodía, y su vida entera se te desvelará.

«EL BARQUITO CHIQUITITO» (I)

Había una vez un barquito chiquitito,
había una vez un barquito chiquitito,
que no podía, que no podía, que no sabía navegar…

1

LA OBRA IRÁ
PIDIENDO MATERIAL

Mientras intentaba acabar el cuento en las oficinas de aquella editorial, pensé que no recordaba por qué me dedicaba a escribir. Lo había olvidado.

Con los años pasa que olvidas una parte esencial de tu vida. La gente, la ruidosa, acaba con tus sueños y te hace olvidar aquello que amas. Quizá por eso los niños muy pequeños son tan únicos; nadie les ha hecho daño todavía y no necesitan dar codazos. Hasta que un día te hacen daño y todo cambia. Ese instante aparece si apretamos las emociones y apostamos por las pasiones y las personas.

No soy un escritor famoso, ni siquiera reconocido. Me dedico a escribir cuentos infantiles, invento historias y las ilustro. Ninguno de mis libros ha vendido más de mil ejemplares, y en muchos de ellos ni siquiera aparece mi firma, sino que me dedico a plasmar ideas de otros.

Cuando era pequeño, mi padre, que era escultor, se percató de que dibujaba bien y me aconsejó que cuidara ese arte, porque es un don, y a veces los niños pequeños se olvidan y lo pierden. Me pidió que no tuviera prisa. Siempre le gustaba decir esta frase: «La obra irá pidiendo material». De mayor entendí que se refería a todo, a las obras de construcción, a las de arte y, en especial, a la vida. No hay que anticiparse. Cuando haga falta algo, lo notarás y lo conseguirás.

Mi padre era un faro para mí; lo perdí a los nueve años. Siempre he creído que el amor de un padre o de una madre es difícil de encontrar luego en el resto del mundo.

Su muerte me condicionó y sigue marcando mi perdido rumbo. De pequeño jugaba con él a las matrículas. Él conducía con su sombrero borsalino siempre puesto y me hacía buscar matrículas de coche acabadas en un número concreto, por ejemplo, 567. Yo las buscaba y, cuando encontraba alguna, él me decía que no era correcta, siempre me equivocaba en algún número. Concluyó que no veía bien, que confundía los números, y me llevó al oculista. Pero allí los acerté todos. Luego el oculista pidió a mi padre que me reemplazara y resultó que él no identificó ningún número ni ninguna letra.

Ese día él salió con gafas nuevas y me dijo que seguramente me tropezaría con algo semejante muchas veces en la vida.

Le pregunté: «¿Con personas que creen que no veo bien?». Y me respondió: «No, con personas que no ven bien tu arte, tu personalidad, tu forma de ser porque no están bien graduadas». Él encontraba una lección en todo lo que sentía y vivía. Y tenía razón. Me he topado con muchos no graduados emocionalmente que han intentado hundirme a diferentes niveles y, no voy a negarlo, algunos lo han conseguido porque les di las armas necesarias para llegar muy dentro de mí.

Él nunca perdió su forma de ver el mundo, era su fe. Yo jamás he tenido dudas: puedes encontrar la fe en el instante en que necesites aferrarte a ella. Aunque quizá nunca he comprendido su manera de amar y vivir y sigo sin estar graduado para entenderlo del todo.

Como os he dicho, murió cuando yo tenía nueve años. Era un hombre mayor, no sé ni si era mi padre biológico. Mi madre murió mucho antes, cuando yo nací, y él siempre decía que un día me hablaría de ella, que todo llegaría, pero que disfrutara de mi niñez.

Lo he añorado tanto… Me dejó una carpeta que podría abrir cuando cumpliera los veintitrés años. Solo faltaban cuatro días exactos para que llegase esa fecha.

Os aseguro que muchas veces he deseado incumplir la promesa que le hice y abrirla para comprender de dónde procedo. Pero si le faltaba al respeto, ¿qué sería yo? Un no graduado emocionalmente, no hay más. Aquella carpeta me acompañaba a todas partes desde los nueve años. Jamás dejé que se quedara sola en ningún lugar porque temía perderla. Sentía que era lo único que me podía salvar y me aferraba a ella como si fuera mi salvavidas rectangular.

Mi vida empeoró al perder a mi padre como no os podéis hacer idea. Dejé de vivir en un pequeño pueblo costero cerca de un acantilado y me mudé a una ciudad grande y ruidosa. Me adoptó una pareja mayor que deseaba tener niños desde hacía años, pero no lo lograban. No creo en Dios, pero estoy seguro de que fue para que ningún otro niño sufriese lo que yo sufrí. Mi segundo padre no merece ese nombre, y mi segunda madre era alguien que aceptaba que su vida fuera terrible en todos los sentidos y no le buscaba remedio.

La única suerte que tuvo mi segunda madre en su vida fue disfrutar de dos años sin aquel hombre, pues él murió antes. Ella me dejó hace unos meses. No los lloré mucho a ninguno de los dos. Ella se despidió de mí con esta frase: «Lamento que hayas tenido unos padres mediocres, pero más lamento que hayamos sido unos malos instructores de vida». Fue doloroso escuchar eso de mi segunda madre, sobre todo porque seguramente mi vida solo fue un diez por ciento de terrible de lo que fue la suya.

Miré el ordenador. Solo me faltaba encontrar el final para otro cuento mediocre creado sin pena ni gloria. Había perdido mi don, como decía mi padre. Si no cuidas ese don de niño, puede acabar pasando. No me percaté de que detrás estaba mi jefe, una persona mal graduada que nunca encontraba el más mínimo sentido a mi trabajo. Cómo odiaba esa oficina oscura y sin privacidad donde habríamos podido fabricar chorizos, camisetas o cuentos infantiles...

—¿Te lo has currado? —me preguntó acercando mucho su hocico a mi nuca. Ese es el gesto que más odio porque lo hacía mi segundo padre.

—Sí, es intergeneracional —respondí con seguridad, pero sin ninguna confianza.

No me contestó. Iba leyendo el cuento y, con ligeros golpecitos en mi espalda, me indicaba si debía subir o bajar la pantalla. Yo solo deseaba irme de allí. Aquella noche hacía de canguro y no quería llegar tarde. Esperé paciente, soportando que lo leyera entero y escrutara las ilustraciones.

—Intermierda, más que intergeneracional —dijo al acabar de leerlo.

—¿Intermierda?

—Me refiero a que es un plagio de todo: de *El soldadito de plomo*, de *Dumbo*, de *Caperucita* y también, cómo no, de *Pinocho*. No te lo compro.

—Son homenajes. A los niños les encantan los homenajes, les parecen originales —intenté justificarme, pero en el fondo él tenía razón.

—Mira, Carlos, o mañana por la mañana me traes un cuento sin homenajes o por la tarde estás originalmente en la calle. ¿Nos hemos entendido?

No respondí, y él se fue como había llegado, sin hacer ruido, imagino que a molestar a otro dibujante. Miré mi pequeña obra de arte y, con un solo golpe de tecla, la borré. Ojalá fuera igual de sencillo acabar con otras experiencias terribles y mediocres de la vida.

Apagué el ordenador y decidí salir rumbo a mi otro trabajo. Muchas tardes me dedicaba a hacer de canguro de niños pequeños. Allí testaba mis historias y, para qué negarlo, podía comer gratis y estar caliente o fresco dependiendo de la época del año.

Mi casa no era ni grande ni disfrutable, un poco como mi vida, y estar en contacto con niños es de los pocos placeres que creo que valen la pena en este mundo.

Sin embargo, el motivo principal de haberme hecho canguro fue poder cuidar de otra persona y formar parte de su mundo. Lo descubrí un día cuando, en mi terrible segundo hogar, vino una chica de diecinueve años a cuidar de mí. De repente fue como tener una hermana mayor al fin, como si me regalaran un nuevo miembro de la familia. Aquella chica amaba su trabajo y, para intentar educarme y ayudarme, en los dos o tres días en que me cuidó, me regaló aquellos tres o cuatro conceptos trascendentales que cada persona tiene dentro de sí.

Por eso decidí hacer de canguro, para convertirme en el hermano mayor de muchos chavales, comprender a otras familias e intentar regalarles consejos e historias que los ayudasen. Aunque, con el tiempo, como ocurre en la vida, esas buenas intenciones quedan olvidadas o diluidas.

Mi motivación principal había pasado a ser el dinero que me pagaban; además, algunas de esas casas las desvalijaba el último día. Con el tiempo, cuando las familias te cogen confianza porque has protegido bien a sus hijos, el canguro se acaba convirtiendo en un ser del que se fían. Olvidan que le están dando acceso a su casa y a sus secretos por disfrutar de un rato de ocio libre de responsabilidades. Nunca deberíamos dejar que un extraño cuidase de nuestros hijos.

2

NINGÚN NUDILLO ESTÁ CREADO PARA APORREAR PUERTAS

Me costó encontrar la casa donde iba a hacer de canguro. Estaba fuera de la ciudad, en un pueblo en lo alto de una montaña cuyas tripas decían que eran de color azulado. La casa del niño era la última justo donde el camino dejaba de estar asfaltado. Era bastante impresionante, como un hogar de cuento: los colores, el jardín y cómo se alzaba sobre esa montaña de ribetes azulados. Llovía un poco cuando llegué, lo que daba al lugar un aire todavía más misterioso.

Sonreí. Me gustó tanto aquel lugar… Siempre me tocaban bloques de casas, y aquello era diferente. El trabajo iba a ser solo ese día, cuatro horas, pero sabía que por lo menos las disfrutaría. Los interiores casi siempre se acaban pareciendo a los exteriores en todas las facetas de la vida y en numerosas personas.

De repente recordé que una vez había visitado una casa en esa zona. La disfruté mucho, y hasta me llevé un pequeño botín, bastante bueno, después de ir unas cuantas veces. El niño a mi cuidado era muy pesado pero de buen dormir; jamás olvido esas dos características de aquellos a los que cuido: carácter y sueño. Tampoco olvido a los niños que sufren pero no pierden la sonrisa aunque les cueste dormir. Siempre me apunto sus nombres e intento observarlos de vez en cuando, desde la lejanía, para ver si mejoran. Pero la verdad es que una vez que te rompen la infancia nada mejora.

Aparqué la moto y toqué el timbre exterior. Dentro se veía luz y una sombra que se movía con agilidad, imagino que preparaba mi inminente llegada o su pronta salida. Llamé por segunda vez pero nadie contestó.

Decidí saltar la valla, la lluvia arreciaba y comenzaba a mojarme, y me dirigí a la puerta principal. Allí toqué varias veces aquel otro timbre, pero tampoco parecía funcionar. No me gusta golpear las puertas, jamás me ha gustado; acaban doliéndote los nudillos aunque lo hagas con cuidado. Ningún nudillo está creado para aporrear puertas.

Al final la aporreé con una piedra azul cobalto con forma de rombo que encontré cerca. Al instante la puerta se abrió y apareció un chico de mi edad que iba bien vestido y olía mejor. Estaba preparándose para salir. Me miró extrañado, como deseando que yo fuera diferente.

—¿Tú eres el canguro? —dijo con un tono que me pareció insultante.

—¿Me imaginabas más joven? —respondí con una sonrisa, dando el beneficio de la duda a mis temores.

—Un poco; siempre son más jóvenes, pero tengo muy buenas referencias tuyas. ¿Sabes los de la casa de madera de la urbanización de al lado?

—Sí, los Aimar. —Así se llamaban los que tenían aquel hijo tan pesado pero de buen dormir del que os he hablado. Su casa, según me contaron, estaba construida con diez robles.

—Sí. Los Aimar me han dicho que eres de confianza.

—Ellos también lo son.

Se me quedó mirando y noté que estaba a punto de darme la patada. La ironía no era su fuerte.

—¿Me estás dando referencias de los Aimar?

—Ellos las dan de mí, ¿no?

—Suena poco confiable que te burles de ellos. ¿Te estás quedando conmigo?

—No me burlo de ellos, te he dicho que son de confianza. Tú dices que has preguntado por mí… Eso sí que suena poco confiable.

—¿Te estás quedando conmigo? —repitió enfadado.

—No. ¿Quieres que me vaya?

Me miró fijamente, dudando. Finalmente se guardó la rabia y me invitó a entrar. A veces puede parecer que soy un poco borde, pero atacar antes de que me hagan daño es una medida de seguridad que me ha servido para no salir con más rasguños emocionales de los que ya poseo.

La casa era impresionante, como había predicho. Un gran ventanal daba a un jardín magnífico y a una piscina inmensa en la que estaba seguro de que me bañaría antes de que acabara la noche.

—Puedes ver la tele, pero no pases del volumen treinta y siete —dijo comenzando a poner límites, es lo primero que hacen todos.

Me acompañó a la cocina. Lo seguí dócilmente escuchando todas las normas de aquel lugar.

—Puedes coger lo que quieras del estante de abajo de la nevera. Si te apetece picar algo, he cortado un poco de queso y lo he dejado en la mesa del salón.

—Solo necesito un vaso; he traído comida y bebida. Y también me gustaría saber si me prestas un poco de electricidad para el ordenador y el móvil. —Siempre intentaba transmitir confianza y no abusar para que luego fuera más fácil robarles.

—¿Has traído un ordenador?

—Sí. Lo prefiero a ver la tele, escuchar la radio o hablar solo.

—Vale, pero espero que estés a lo que tienes que estar. El queso es semicurado, de cabra.

—Aborrezco el queso —sentencié.

—Nunca había conocido a nadie a quien no le gustara el queso.

Lo dijo tan serio que dudé si reírme. Es cierto que los que odiamos alimentos que para el resto de la humanidad son básicos, como el queso, las gambas o el chocolate, somos vistos como unas *rara avis* que esconden algo extraño.

Me mostró el lavabo; solo podía utilizar el de las visitas y secarme con una toalla específica para mí que olía a recién lavada. Luego me llevó a la habitación del niño, que tenía la puerta cerrada y, curiosamente, no la abrió. Era la primera vez que me ocurría aquello, siempre te presentan a la persona a la que cuidarás. Es un momento bello y especial en el que los padres te escrutan para ver cómo es esa primera relación inicial con su cachorro.

Pero no ocurrió. Nos quedamos delante de una puerta cerrada hablando del niño como si eso fuera lo más normal.

—Mi hermana ya está durmiendo. No creo que se despierte en toda la noche.

—¿Hermana? —Aquello sí que me sorprendió; estaba seguro de que cuidaría de su hija—. ¿No quieres que la vea? —pregunté, extrañado.

—No hace falta. Siempre duerme de un tirón toda la noche. Es especial —agregó mientras se alejaba de aquella puerta.

—¿Especial? ¿Qué quieres decir?

—Especial —afirmó como si fuera lo más normal del mundo—. ¿Hay algún problema?

Me quedé unos segundos dudando frente a aquella habitación cerrada. Nunca me había ocurrido eso de no conocer al niño. Tampoco comprendía lo de «especial». Imaginaba que se refería a que tenía alguna discapacidad física o mental. Aunque quizá no, al fin y al cabo todos somos especiales. Por un momento fui yo el que no tenía claro si quedarme, pero finalmente lo seguí hacia el salón. Fuera llovía con más fuerza. Era un trabajo de cuatro horas y no deseaba liar más las cosas.

—No, ningún problema. ¿Cómo se llama? —pregunté para, como mínimo, poner una etiqueta a ese rostro que no conocía.

—Patricia —respondió sin mirarme a los ojos.

Volvimos al salón y me indicó el enchufe que podía utilizar para el ordenador. A continuación siguió arreglándose y se puso más colonia. Estuve a punto de decirle que se equivocaba, pero que apestara en exceso a buen perfume no era mi problema.

El cable del ordenador llegaba a la pared muy justo, pero decidí no tensar más la relación cambiando de enchufe. Notaba que me observaba; imagino que aún dudaba si era buena idea dejarme a cargo de su hermana especial. No habíamos conectado demasiado bien. Sabía que no tardaría en tomar una decisión, así que decidí adelantarme:

—Ya te marchas, ¿no? —dije desconcertándolo.

—Sí, tengo… —Hizo una pausa, imagino que dudaba si contármelo o no, aunque siempre te explican por qué te necesitan, como una especie de justificación—. Tengo un curso de baile. —Decidí no preguntar más, pero se notaba que él estaba ansioso por darme más pistas—. Estaré de vuelta a las doce, dentro de tres horas y media. Si pasa algo, tienes mi móvil, ¿verdad?

—Si pasa algo, lo solucionaré; para eso me has contratado. Vete tranquilo. Y coge un paraguas, que creo que la tormenta no parará.

Comencé a escribir en el ordenador sin mirarlo; intentaba disipar sus dudas con mi seguridad. Tardó en desaparecer; buscaba y metía cosas en una pequeña bolsa negra de deporte, y vi que cogía un paraguas. Se despidió con una sonrisa y una mirada amable a las que respondí de la misma manera. El olor a perfume de marca seguía en aquel salón cuando se marchó.

Agradecí el silencio. Aquel lugar era como el paraíso. Hacía tiempo que no sentía tanta tranquilidad, y eso tenía que ver con que soy un poco superhéroe de los sonidos: oigo cualquier ruido, por mínimo que sea, y eso me descentra. No sé cómo no han inventado algo para aislarte del sonido exterior y dormir bien. No puede ser tan difícil… Han hecho muchísimos avances en numerosos campos, pero contra el ruido solo seguimos teniendo esos terribles tapones de silicona para los oídos que no sirven de nada. Cuando inventen algo bueno, será el gran avance tecnológico: mucha gente recuperará la salud. Si no duermes, todo te afecta el triple y estás más a la defensiva.

Hasta que lo inventen, muchas noches me pongo la música muy alta en los auriculares, a ver si así me quedo un poco sordo y acabó por no oír esos sonidos nocturnos que me agotan. Al fin y al cabo, si perdiera audición tampoco sería tan grave. Cuando alguien te tiene que informar de algo importante, te lo repite muchas veces, y casi siempre a gritos.

Fui a la cocina y desvalijé un poco la nevera sin importarme en qué estante estaba lo que deseaba, conecté el ordenador en otro enchufe que me resultaba más cómodo, aparté el queso que presidía la mesa del salón hasta dejar de olerlo, registré la casa hasta que encontré una caja fuerte que fotografié, le envié la foto a un amigo con el que trabajaba en fiestas infantiles y que a veces me ayudaba a robar, y me dispuse a disfrutar de aquel hogar que no era mío pero que usaría a mi gusto durante las siguientes cuatro horas.

Con suerte, la niña especial no se despertaría y yo podría crear un nuevo cuento original en un sitio único.

Sí, lo sé, no soy nada confiable, pero os aseguro que a los niños no les hago nada, absolutamente nada. Puedo robar, puedo coger lo que no es mío y saltarme todas las normas que me imponen, pero los niños son sagrados. Pase lo que pase, los cuido, quizá porque fui un niño que no tuvo esa suerte y a nadie le importé lo más mínimo. Por eso, mientras estén a mi cargo, jamás sufrirán ni permitiré que nada malo les pase.

3

DESCONECTAR DEL MUNDO PARA CONECTAR CON TU UNIVERSO

Salí de casa preguntándome si realmente aquel tipo tan extraño era de fiar. Los Aimar hablaban maravillas de él, pero yo a ellos tampoco los conocía tanto.

Me lo había imaginado más risueño, supongo que porque los otros canguros eran así, como tocados por la felicidad. En cambio ese chico era muy diferente, parecía consciente de todo y un tanto áspero. Tengo un sexto sentido para calar a alguien nada más verlo. Estuve unos minutos en el jardín mirando a esa sombra desconocida y dudé si volver a entrar y decirle que sus servicios ya no eran necesarios, pero la verdad es que tenía muchísimas ganas de hacer aquel curso de baile después de tanto tiempo preparándolo.

Aquellos bailes eran una cuenta pendiente. Decidí no pensar más, salí y observé mi casa desde la entrada. Me sentía como un extraño que vigilaba a otro.

Me subí al coche y conduje todo lo rápido que pude para llegar a tiempo, pero aquel extraño canguro tenía razón y se puso nuevamente a llover a cántaros. Había mucho tráfico, lo tenía complicado para llegar a la hora, y odio ser impuntual.

Había encontrado el único curso corto, con los bailes que necesitaba, en un gimnasio que había frecuentado hacía años. Me gustaba aquel lugar: desde el bar del propio centro podías ver todas las actividades. No recuerdo bien por qué lo dejé, supongo que por pequeños enfados que acaban pagando los lugares demasiado comunes en tu vida.

Muchas veces, cuando aún iba, acababa mi rutina de musculación y me quedaba trabajando con el portátil en el bar del gimnasio mientras veía sudar al resto. Desde allí, tras unas cristaleras con formato de 360 grados, tenías una visión panorámica de todos sus esfuerzos. Me parecía que los de la sala de musculación se ejercitaban para ser observados; los de natación se abstraían del mundo y eran muy metódicos; los que iban a clase carecían de sociabilidad y la buscaban por encima de la propia actividad, y luego había los que no hacían nada, los que usaban aquel lugar como un baño para afeitarse, ducharse, leer y sentirse parte de un clan.

Aunque hacía mucho que no volvía por allí, algo me seguía uniendo con el gimnasio. Recuerdo que siempre me quedaba mirando a aquella profesora que daba cursos de baile de corta duración hasta última hora. Me gustaba su temperamento, sobre todo por las caras de sus alumnos cuando salían de bailar. No diría que eran caras de felicidad, sino más bien de esfuerzo agradecido. No me desagradaba ese rostro; siempre he pensado que en la vida es importante que te desconcierten.

Llegué al gimnasio y tuve la suerte de encontrar aparcamiento justo delante de la puerta. Me desvestí a toda velocidad. No me gustan los vestuarios; mucha gente te observa sin tú desearlo. No digo que sea para algo malo, pero notas sus miradas furtivas cuando te giras. Siempre he sido bello, o lo que se considera bello actualmente, y acostumbran a mirarme, algunos porque desean lo que soy o ven, y otros porque desearían lograrlo. Todo es genético, no tiene valor, y lo dice alguien con buena genética, por lo que ni siquiera lo que digo tiene valor.

Me puse una camisa azul cobalto y un pantalón blanco de vestir, tal como me habían pedido. Todas las miradas furtivas observaron con extrañeza ese cambio de ropa de calle por prendas más elegantes.

Miré el móvil de nuevo. Estaba nervioso, esperaba que aquel canguro extraño supiera hacer su trabajo; era lo único que deseaba de él. Aunque actualmente nadie es bueno trabajando en su especialidad. Confiaba en que Patricia durmiese toda la noche, como solía hacer, en eso era muy metódica. Siempre acababa el día muerta después de tanto derroche de energía.

Corrí hasta la clase y, como siempre, llegué puntual. Era mi pequeño don. Aquella profesora dura y veterana me observó al entrar. Creo que no me recordaba. Tenía sentido, nunca habíamos hablado y yo la observaba desde mi puesto de trabajo transitorio.

No seríamos más de una docena de alumnos, mitad chicos y mitad chicas. Me pareció que solo dos se conocían de antes. Cuando vio que todos estábamos presentes, la profesora pidió cerrar la puerta de la clase y aquel ruido colindante de sudores, brazadas y clases de zumba se amortiguó un poco, aunque seguía formando parte de la banda sonora del lugar.

—Como sabéis, este es un curso corto. Hoy nos dedicaremos a... —comenzó diciendo con mucha energía.

De repente me sonó el móvil. Lo cogí de manera instintiva. No era el canguro, sino aquel chico que deseaba vender cuanto antes su piso. Trabajo como tasador de casas, y mucha gente me llama a horas intempestivas porque necesita mi tasación para vender el piso heredado o romper una relación con la que solo les queda en común ese inmueble juntos. Así conseguí mi casa: un divorcio terrible y una tasación a la baja.

—Ahora no estoy en casa. Esta noche sin falta te envío la tasación por email... —respondí a toda velocidad.

Pero no pude acabar de hablar porque aquella profesora se acercó y, con un movimiento de baile bello y precioso, nada agresivo, me quitó el teléfono de las manos y colgó. No dije nada; todos estábamos igual de sorprendidos. Lo dejó en la mesa, al lado de unos CD que tenía distribuidos de forma muy ordenada.

—No sé qué es peor: traer el móvil a clase o cogerlo. Traer el móvil es traer el exterior, los problemas, los miedos y las dudas. No quiero nada de fuera; solo quiero lo que se crea aquí dentro con el baile.

—Debo tenerlo encendido. Es necesario —repliqué intentando no dejar de sonreír, pues la sonrisa es mi mejor arma para lograrlo todo.

—No, no puedes tenerlo encendido. Aquí se viene a bailar. Los problemas se quedan tras esa puerta; tanto los pasados como los futuros. Aquí solo existen tu pareja y el baile. Son mis reglas. ¿Podrás cumplirlas?

—Es que mi hermana… —intenté explicarme, pero ella me cortó al instante.

—No existe nadie ni nada más. Si puedes estar

unas horas sin móvil, perfecto. Si no, vete. Nos fastidiarás la clase porque una persona se quedará sin pareja, pero mejor eso que una pareja con problemas en la cabeza. Tú decides, chico lindo. Ya ves, era más sencillo cuando nos mirabas desde el bar.

No me gustó cómo pronunció lo de «chico lindo», pero no negaré que me encantó que me reconociera. Sé negociar bastante bien, seguramente porque me dedico a tasar casas, y allí no había nada más que hacer. Era aceptar sus reglas o marcharse. Decidí hacer lo primero con una sonrisa que pareció funcionar.

—Gracias, buena decisión —dijo irónicamente, pues no me había dado opción—. Como ya sabéis, hoy aprenderéis a bailar el tango. Solo le dedicaremos un día. Es lo que habéis elegido. Todos tenéis poco tiempo y muchas ganas de aprender, así que no perderemos ni un minuto. Aprenderéis lo justo para bailar el día de vuestra boda, quedar bien en una fiesta o chulear. Pero antes tendréis que elegir; en esta vida siempre hay que elegir. Necesitáis pareja. Y esta vez el abanico es reducido. ¿Cómo lo haremos? Puro instinto. Observaos mutuamente, en movimiento, a ver si reconocéis en el otro eso que haría que formarais una pareja de baile perfecta. Y si es así, pedidle que sea vuestra pareja durante estos cuatro días.

Puso un tango, aquel «Cambalache» que siempre me ha entusiasmado, sobre todo lo de «Que el mundo fue y será una porquería ya lo sé … Pero que el siglo XX es un despliegue de maldad insolente ya no hay quien lo niegue». Aunque habría que actualizar la letra y añadir que el siglo XXI no le va a la zaga.

Nos enseñó tres pasos de tango para comenzar a bailar, solo tres. Todos intentamos imitarlos lo mejor que pudimos. Al principio con torpeza, pero poco a poco algunos encontraban una conexión con su cuerpo y notabas la diferencia con tus propios movimientos patosos.

Comenzamos a observarnos unos a otros bailando solos y buscando esa pareja con miedo a equivocarnos en la elección. Era como una caza extraña contrarreloj.

Se fueron formando parejas, algunas de chico y chica, dos de chicos y otra de chicas, hasta que quedamos bailando solos una chica que tenía algo diferente y yo. Si alguien me pidiera que la definiese, no sabría decir ninguna cualidad de ella. No bailábamos demasiado bien. Ninguno de los dos se decidía a pedirle al otro que fuera su pareja, lo cual era absurdo, porque no quedaba nadie más y estábamos uno delante del otro moviéndonos sin fin. Al final, ella se acercó a mí.

—Perdona, no sé cómo te llamas —me susurró bailando torpemente—. Solo quedamos nosotros dos. En el colegio siempre acababa siendo la última elegida para todo, y no me apetece que nos echen porque no vemos nada en el otro. Me gustan tus ojos verdes, aunque no tienen brillo; ¿te parece que bailemos juntos?

Creo que nadie nos oyó. Quizá se imaginasen que me había soltado una declaración de amor en lugar de una petición de socorro. Me gustó su sinceridad y acepté sin decir palabra. Me dolió lo de los ojos verdes sin brillo, pero quizá tenía razón y era una buena definición de mi momento vital. Hacía tiempo que habían perdido su brillo, y eso es difícil de recuperar porque nace de dentro de uno mismo y de su tiempo.

—Por poco nos falla una pareja —dijo la profesora sin perder un segundo—. Nos queda poco tiempo para aprender el tango. Atentos a estos ocho pasos.

Puso un tango de Gardel y comenzó a mostrarnos cómo serían los siguientes movimientos. El grado de dificultad aumentaba. Observábamos alucinados la belleza que encerraban esos pocos pasos. Su baile se mezclaba con los sonidos de la sala de musculación, los gritos de los ciclistas y los rítmicos movimientos de los nadadores al golpear el agua. A aquella hora de la noche la gente siempre sonaba más intensa. Todos a nuestro alrededor intentaban exprimir algo de su cuerpo, extenuándose como si eso sirviera para dejar atrás algo que les preocupaba o les dolía.

Observaba los pasos que nos mostraba la profesora, pero no podía dejar de mirar de reojo mi móvil, que estaba en la mesa, buscando una posible vibración que me indicara que el canguro me necesitaba.

Comencé a practicar los pasos junto a aquella chica. No era su fuerte, pero le ponía mucha pasión. Yo ni pasión ni maestría, esa era la verdad.

Aunque iba a ser un aprendizaje complicado, estaba a gusto. Todo era hostil a mi alrededor, pero me sentía como en casa, quizá porque así había sido siempre casi toda mi vida. Con aquel curso deseaba conectar con algo que había perdido pero que me condicionaba y, curiosamente, lo conseguí al instante.

La miré. Sus ojos eran marrones pero vivos, con un brillo azulado de diferentes tonalidades. Creo que se dio cuenta de que la estaba observando. Me pisó, y yo la pisé a continuación.

Necesitaba tanto huir de casa. Hasta esos dos pisotones no me di cuenta. Decidí que aquella profesora tenía razón: durante esas cuatro horas olvidaría todo lo de fuera, no existiría; no lo había hecho jamás y no estaba seguro de si sabría hacerlo.

4

LA LUZ SIEMPRE VUELVE

Me sentía en racha en aquella casa increíble, era mi lugar en el mundo. Por fin estaba escribiendo a gusto, quizá todo tiene que ver con el sitio donde escribes. Tanta tranquilidad me había traído paz. Creaba diálogos e ilustraciones sin prisa. No llevaba mucho, pero creo que era bueno. Los truenos y relámpagos me acompañaban; los contaba mentalmente, como cuando vivía con mi primer padre cerca de aquel acantilado. Decía que si una noche superábamos los veintitrés truenos, pasaría algo increíble. Y ya llevábamos veintidós. Él siempre encontraba el juego y el destino en la propia naturaleza.

Parecía que nada frenaría mi inspiración cuando de repente se fue la luz y la magia se esfumó.

Fui a tientas hasta la cocina, con la luz del ordenador, en busca de velas. Aquel chaval me había dado muchas indicaciones, pero nada referente a ese problema menor. Solo encontré unas cerillas en el último cajón. Cerré el ordenador para no gastar batería y poder trabajar si la luz tardaba en volver. Notaba que estaba perdiendo la racha, las ideas iban desapareciendo, son tan frágiles, y sentía que perdía el hilo de lo que quería contar.

Encendí una cerilla en busca de una vela para transformar aquella luz titubeante en otra más compacta. De repente, sentí una sombra cerca de mí, rodeándome, y la luz de la cerilla se apagó como por efecto de una corriente de aire.

Decidí volver al salón. De camino intenté encender otra cerilla, pero de nuevo esa respiración que sentía la apagó.

Encendí otra, pero entonces volvió la luz y descubrí aquella presencia: era una chica que rondaba los veinte años, muy bella. Estaba en pijama justo a mi lado. Con un soplido apagó la cerilla, que ya no tenía ningún cometido, y se rio.

Mi niña estaba muy crecida. Era especial, no sabría definirla mejor. Sus ojos eran limpios y estaban llenos de vida. Abrumado por su felicidad, me la quedé mirando sin saber qué decir. Temía que ese ser especial no supiera emitir palabra.

—¿No sabes hablar? —me preguntó.

—Sí…, es que con lo de la luz me he quedado… —balbuceé.

—Yo también me asusto cuando se va la luz. Pero no es para tanto. La luz siempre vuelve si esperas lo suficiente. —Me miró a los ojos—. ¿Quién eres?

—Tu hermano me ha pedido que te cuidara.

—Eres el canguro, ¿verdad?

—Sí, el canguro.

—A ver, da botes —dijo riendo; siempre me tocaba escuchar esa broma—. Quiero agua —agregó enseguida.

—¿Quieres agua?

—Sí, agua. Estás aquí para cuidarme, ¿no?

Cierto, estaba allí para cuidarla, tuviera la edad que tuviese. Fui a la cocina. Vi que ella cogía mi ordenador y comenzaba a leer mi incipiente cuento. Por lo general, yo se lo leía a mis niños.

—«Érase una vez un país lejano en el que sus habitantes medían seis metros de altura y sus manos, en cambio, solo treinta centímetros. Todos, excepto Black» —comenzó a recitar con voz de cuento.

Me puse nervioso. Siempre pienso que cuando el niño conecta con tu historia puedes oír un clic. Tan pendiente estaba que un trueno traidor, de esos que dan miedo aunque no te asusten las tormentas, me pilló desprevenido y el vaso se me cayó y se hizo añicos. «Veintitrés», pensé, y lo dije en voz alta.

—¿Has roto un vaso? Mi hermano te matará. Todo lo tiene ordenado y jamás se le rompe nada.

—No, no se ha roto —mentí.

Intenté recoger todos los trozos lo más rápido que pude. Solo me faltaba tener más problemas con aquel chaval.

—¡Mientes muy mal! —chilló ella desde el salón—. ¿El del dibujo es Black? No me lo imaginaba así. Se parece a Godzilla, diría que es una copia de él. ¿Lo cambio? ¿Te hago otro dibujo?

—Espera, no toques nada, es privado. ¿Entiendes lo que es privado? —dije mientras volvía corriendo al salón.

—Sí, claro, todo el mundo sabe lo que es privado. La quiero fría.

—¿El qué?

—El agua, la quiero fría. ¿Entiendes lo que es fría?

—Sí.

—No te romperé nada ni te borraré nada. Soy muy inteligente.

—Ya me imagino.

—En serio, no te lo romperé, como tú tampoco has roto un vaso. Fría, por favor.

Estaba nervioso. Temía que todo mi trabajo se fuera al traste. Nunca me he dado tanta prisa en llenar un vaso de agua y servirlo.

—Estás sudando. A lo mejor quieres agua fría… —dijo sonriendo mientras se la bebía lentamente.

—No, gracias.

Disfrutó de cada uno de sus sorbos sin dejar de mirarme. Era como si me devolviera toda la sorna que yo había utilizado al principio con su hermano.

Parecía que cada vez teníamos más encima la tormenta. Los truenos y relámpagos se mezclaban y era casi imposible diferenciarlos por tiempo. Muchos niños aparecen a medianoche en el salón por miedo a la naturaleza en ebullición. Pensé que quizá a ella le pasaba lo mismo. No es algo que tenga que ver con la edad, sino con el respeto hacia lo desconocido. He visto a críos felices con las tormentas pero temerosos con el viento. Siempre creo que en esos miedos más primarios está la esencia de lo que somos.

—¿Quieres que te acompañe a la cama? O sea, ¿quieres que me quede un rato contigo, en tu habitación, haciéndote compañía, por la tormenta...? —No lograba expresarme, había algo en ella que me atrapaba.

—No. No me da miedo. ¿A ti sí? —preguntó, y añadió—: ¿Cómo te llamas?

—Carlos.

—Carlos, Carlos el canguro. Yo me llamo Patricia, Patricia la... —Se quedó pensando en el adjetivo perfecto para definirse.

—Lo sé, me lo ha dicho tu hermano.

—¿Y mi hermano cómo se llama?

—Eh... —dudé.

—¿No lo sabes?

—No, no lo sé.

—Su nombre tiene una a —dijo mirándome fijamente.

Me observó esperando a que jugase a ese estúpido juego infantil. No pensaba hacerlo.

—Su nombre tiene una a —repitió.

Estaba claro que no sería tan fácil zafarse. Su mirada tenía la insistencia de la infancia.

—¿Alfonso?

—No.

—¿Alberto?

—No.

—Bueno, lo he intentado…

—También tiene una e —añadió; estaba divirtiéndose.

—No lo sé —zanjé en un intento de acabar rápidamente.

—Es fácil, tiene una a y una e —replicó juguetona.

Me miró; esperaba ansiosa que siguiera jugando. Yo no quería, pero me encantaba la idea de acertar. Siempre he sido muy competitivo.

—¿César?

—No.

—¿Abel?

—No.

—Ahora sí que me rindo.

—También tiene una i —dijo casi con una sonrisa burlona.

—Vaya, qué afortunado, tiene casi todas las vocales. Ya te he dicho que me rindo. ¿Cómo se llama?

—No te lo diré si no me cuentas qué pasa con Black; por qué es tan diferente del resto de los habitantes de su planeta.

—¿Black? Es un cuento, todavía no sé qué le pasa. Hasta que no lo acabe, no lo sabré.

—Pues cuéntamelo y así lo sabré y lo sabrás.

—¿No tienes sueño?

—Cuéntame el cuento de Black. Va, por favor…

Me lo pidió con tanta felicidad que hasta me sonrojé.

—¿Y luego te irás a dormir?

Ella aceptó con una sonrisa y se tumbó en el sofá. Era muy bella en todos los sentidos. Conservaba la felicidad de una niña en aquel cuerpo de adulta. Y yo no podía dejar de pensar en cómo me atrapaba. Intenté centrarme en el cuento, aunque solo podía pensar que el relámpago veintitrés siempre traía algo mágico.

—Antes de que empieces... ¿Da miedo? —me preguntó.

—No, no da miedo.

—¿Da risa?

—No, tampoco da risa.

—Vale, empieza. Ahora ya sé que no me tengo que reír ni asustar.

Se sentó a mi lado esperando escuchar una gran historia. Yo no tenía ni idea de hacia dónde iba aquella fábula futurista, pero fingí que dominaba el asunto. Es lo que se espera de un canguro.

—Érase una vez un país lejano en el que sus habitantes medían seis metros de altura y sus manos, en cambio, solo treinta centímetros. Todos, excepto Black.

»Black era gigantesco. Medía más de dos kilómetros y casi rozaba el cielo de su pequeño planeta. Cuando estiraba los brazos, llegaba a tocar los océanos que colindaban con su pequeño país.

»Todos lo miraban extrañados, temían que los dejara sin alimento o los aplastara. Un día Black se preguntó…

La miré a ver qué tal lo estaba recibiendo, pero ya no me escuchaba: se había quedado dormida. No había duda de que eran cuentos para dormir, y mi editor aún lo dudaba.

La alcé con suavidad para llevarla a la cama. Había hecho eso mismo cientos de veces con niños y niñas en diferentes casas, pero en ese momento me sentí mal, como si estuviera realizando algo prohibido debido a que ambos éramos adultos, al menos en tamaño.

No pude hacerlo. La imagen de llevarla en brazos hasta su habitación me hacía sentir muy incómodo, y su seguridad, la de los niños que cuido, es lo más importante. Volví a dejarla en el sofá.

Cogí una manta y la tapé. Me senté a su lado en el sofá, a una distancia considerable, me puse el ordenador sobre las rodillas y comencé a escribir. Borré todo lo que había escrito sobre Black; volvía a ser una copia, así que intenté empezar de nuevo. Siempre he odiado la hoja en blanco. Faltaba poco para las once de la noche, y después de un duro día de trabajo comencé a notar que el cansancio hacía mella en mí. Intentaba no dormirme, pero sabía que caería, y eso era muy poco profesional. Sin embargo, aquella tormenta me recordaba tanto a mi casa original, a mi padre, a sentirme cerca de la naturaleza sobre esa montaña con esos colores tan vivos... No había sentido aquello desde hacía mucho, y estaba descansando por fin. Esa sensación de que se te cierran los ojos, de que no puedes aguantar, es tan placentera. Abres los ojos y sabes que caerás en segundos. Disfruté tanto de ese vaivén de mis párpados. Hacía años que no me permitía sentirlo.

Una de las últimas veces que abrí los ojos, la miré. Dormía tan bien. ¿Qué le pasaba a esa chica para que su hermano solicitara que la cuidasen cuando parecía que estaba totalmente capacitada para ocuparse de sí misma?

No supe contestar a esa pregunta que me rondaba la cabeza porque acabé recostado al lado de la persona a la que se suponía que debía cuidar.

Ya nadie cuidaba de nadie.

5

LO MEJOR QUE NO HABÍA ESCRITO

La clase acababa. Algunos habían aprendido a bailar mínimamente el tango y otros solo memorizábamos los pasos. El baile es algo innato, no hay más; poco se aprende si no lo llevas dentro. Ella y yo nos pisábamos y hacíamos lo que podíamos. Ninguno de los dos nos quejábamos. El resto de los usuarios del gimnasio se habían marchado. Los del baile éramos los únicos que dábamos vida al recinto.

Finalizaron los últimos acordes de tango, y fue un alivio profundo para ambos, porque no nos podían doler más partes del cuerpo.

—Bueno, no está mal —dijo la profesora con sarcasmo—. Felicito a los que han captado la esencia del tango. A los que no, quizá mañana tengan más suerte con el siguiente baile. —Me pareció que nos miraba—. Los que cuenten con algo más de tiempo, pueden quedarse media hora más ensayando. Los adictos al trabajo y al móvil son libres de volver a su mundo de mierda.

Aquello sí que parecía un dardo contra mí. Todos se fueron marchando. Recuperé mi móvil: ningún mensaje. Mi pareja de baile parecía hacer tiempo antes de abandonar la sala. Supuse que quería decirme algo.

—¿Seguimos un poco más? —me preguntó.

—Lo siento, no puedo, he de volver a mi mundo de... —Decidí no acabar la frase que había dicho la profesora—. A mi casa.

—No pasa nada. Mañana más. Siento los pisotones.

—Creo que vamos empatados, yo no me he quedado corto. Más que un baile, parecía una pelea de patadas.

Se creó un silencio incómodo. Aquella broma estúpida no se había entendido; no había estado acertado. Ella no me replicó; se quedó en medio de la sala y, mientras me alejaba, vi que ensayaba aquellos ocho pasos de baile con una pareja imaginaria. Esa persona no existía, pero parecía que también la pisaba. Dudé en si quedarme y ayudarla, pero no podía, y tampoco hubiera mejorado nuestro estilo conjunto.

Fui al vestuario, me duché y me enjaboné a conciencia. Soy muy maniático, y además siempre he creído que ducharte te devuelve a la vida. Los días empiezan tantas veces como uno se duche, y necesitaba que mi día empezara cinco o seis veces porque mi vida era bastante complicada. Me sentía sucio por haber olvidado mi vida aunque solo fuera durante cuatro horas y esperaba que aquella ducha me la devolviera.

Cuando salí, miré de nuevo el móvil: calma total. No acostumbraba a dejar a Patricia sola. Me vestí a toda velocidad. Solo quedaban tres hombres que discutían sobre una jugada polémica de su intrascendente partido de pádel.

Conduje lo más rápido que pude y me excedí un poco en los límites de velocidad.

Cuando llegué a casa encontré al canguro durmiendo en el sofá tapado con una manta. Su ordenador se estaba cargando en el enchufe equivocado. Había muchas páginas escritas. Era un cuento. Leí las primeras porque deseaba saber qué le pasaba por la mente a aquel chaval. Era un buen inicio de historia, o eso me pareció. No pude continuar porque el canguro se despertó y me observó; al darse cuenta de que se había quedado dormido, se puso nervioso.

—Hola. O buenos días —dije poniéndolo todavía más nervioso.

—¿Qué hora es? —preguntó intentando fingir normalidad.

—Las doce pasadas. Te has quedado dormido.

—No, qué va, solo estaba un poco traspuesto.

—Ya, un poco traspuesto… Pues parecías estar roque. ¿Mi hermana? —inquirí.

—En su cuarto, supongo. No la he visto.

—Has trabajado mucho, ¿no? —intenté reconducir la situación al saber que no se había despertado y que todo había ido bien.

—Muy gracioso. No he escrito nada, pero no me preocupa. A veces pasa, la inspiración no es algo que se pueda forzar.

—¿Cuarenta páginas no es nada? —insistí.

Vi que observaba extrañado su trabajo en el ordenador. Parecía fascinado.

—No recordaba el brote final que me ha venido a última hora —respondió desconcertado.

—Nunca hubiera imaginado que escribías cuentos. ¿Es otro de tus trabajos?

Me agotó pensar que aquel chaval que olía bien llevaba la conversación, así que decidí recuperar la iniciativa. El hermano estaba disfrutando con mi pequeña humillación al descubrir que me había dormido. No sé por qué había mentido con lo de que no había visto a su hermana; había sido una estupidez. Allí podía haber cámaras ocultas, no habría sido la primera vez que me observaban en tiempo real. Supongo que había mentido porque sentía que aquella presencia que había visto era irreal, o deseaba que lo fuera.

—¿Me pagas, por favor? —pregunté tomando la iniciativa. El dinero siempre lo equilibra todo.

Sentí ser tan duro, pero necesitaba marcharme de allí. No comprendía qué eran todas aquellas páginas que estaban escritas en el ordenador. Un rápido vistazo fue suficiente para saber que aquello no era mi mundo; sospeché que era el de ella, que había hecho mi trabajo mientras yo reposaba. No me gustaba pensar eso, sobre todo porque no había podido protegerla mientras dormía.

—Aquí tienes. Veo que te ha gustado el queso —dijo el hermano mientras me daba un sobre que seguramente había preparado antes de mi llegada.

Vi que no quedaba nada en la bandejita. Aquella chica me había hecho todos los deberes.

—Perdona, ¿mañana puedes volver? Es que el curso dura cuatro días, no sé si te lo había dicho —pre-

gunté el hermano, y noté que comenzaba a coger-
me confianza.

—¿Lo de los bailes de salón dura solo cuatro días?
Pues sí que es corto. Poco aprenderéis.

—¿Puedes? —insistió sin entrar al trapo.

—No, mañana no puedo —respondí.

—Bueno, ya encontraré a alguien. Gracias.

Nos despedimos fríamente y me marché. No sabía por qué le había dicho que no. Nada más salir de
aquella casa me arrepentí. Creo que tuvo que ver
con algo relacionado con el no controlar, y aquello
lo odiaba; lo había sufrido demasiadas veces. Sentí
que aquella chica había trastocado mi vida mientras
dormía.

Cuando estaba a punto de subir a la moto y alejarme para siempre de aquel lugar, dudé y volví a
entrar en la casa. Estaba convencido de que la puerta seguiría abierta si giraba el pomo, y no deseaba
dejarme los nudillos.

El hermano había puesto un disco de tangos y estaba bailando. No lo hacía nada bien. Lo observé unos segundos sin decir nada. Cuando alguien baila, se modifica tanto en tan poco tiempo... Había regresado para aceptar el trabajo y, sobre todo, para aclarar una duda que todavía me rondaba la cabeza. Cuando se dio la vuelta y me vio, dejó de bailar al instante, avergonzado.

—Perdona, al final creo que sí que puedo. Por cierto, ¿cómo te llamas?

—¿Qué?

—Que cómo te llamas. Tu nombre.

—Ah, Javier.

Intenté que no se notaran mi sorpresa ni mi sonrisa. Era fácil, y tenía las tres vocales —a, e, i— en su nombre. Sencillo, y quizá por ello complicado.

—Javier, quizá podría arreglar lo de los cuatro bailes si me pagaras por adelantado los tres días restantes. Te cobraría el triple por hora debido a la ur-

gencia y a que no me quedaría más remedio que anu-
lar un par de trabajos en otras casas.

—El triple me parece un atraco —me respondió
un poco irritado.

—Los Aimar lo hacen cuando me avisan con tan
poco tiempo.

—Creo que los dos tenemos claro que los Aimar no
son referencia de nada. No podemos fiarnos de alguien
que construye casas con robles. El doble es lo justo.

Nos quedamos en silencio y enseguida soltamos
una carcajada. Una chispa de unión por fin, gracias
a aquella burla hacia una pareja que no tenía ninguna culpa y que seguramente era igual de confiable
que cualquiera.

—El doble estará bien —respondí sonriendo—.
¿A las ocho, como hoy?

—Sí, exacto. De ocho a doce.

—Yo que tú intentaría separar menos los pies,
pero tú mismo —le aconsejé antes de marcharme.

Lo dejé bailando y vi que me hacía caso y separaba menos los pies. No he bailado casi nada en mi vida, pero no sé por qué cuando me pongo se me da bien.

Cogí la moto. Antes comprobé que la carpeta de mi padre estuviera en la mochila. Dejé aquella montaña de ribetes azulados y volví a mi mundo, a ese lugar lleno de ruido, sin belleza ni colores evidentes, que odiaba desde hacía tanto tiempo.

Antes de irme a casa, decidí disfrutar del casino. Esa pasión me mantenía vivo. Parte de mi esencia tiene que ver con jugar, me alivia de una manera que no sé explicar. El problema es que casi nunca tengo suerte, y aquella noche enseguida perdí todo el dinero cobrado por adelantado. No sé por qué me atemoriza tanto dormir solo, el lado frío de la cama que no se puede llenar si no es con otro ser humano que te quiera y te aprecie. Dos cosas difíciles de encontrar en este mundo si no te abres de verdad.

Tengo muchas deudas por el juego, de ahí tantos trabajos: el de canguro, la editorial y algunos días hago de payaso en fiestas infantiles. Todo lo que gano va a la ruleta. Me paso las horas gastando, hasta que cierran a las tres o las cinco de la madrugada, dependiendo de si es un día laboral o festivo.

Conozco a cada uno de los que vienen a altas horas. Imagino que todos tienen una excusa y un problema, pero no hablamos de ello, no lo necesitamos. Sé quién juega siempre al rojo, al caballo, quién ama compulsivamente el catorce o quién solo desea ganar cincuenta euros y marcharse como si hubiera logrado un pequeño gran triunfo. Lástima no ser ese. Todo sería más sencillo si tuviera pequeños objetivos asequibles.

Ese día el casino cerró a las tres. Al llegar a casa bebí un poco y decidí leer aquel cuento infantil que no había creado pero que reposaba en mi ordenador. Supongo que había postergado al máximo ese instante porque sabía que, al leerlo, me tocaría de alguna manera.

Decir que aquel cuento era bueno era poco. Te emocionaba hasta el punto de que calmaba tus miedos. Era lo mejor que no había escrito en toda mi vida.

Decidí dar vida a esas palabras y creé las mejores ilustraciones que había dibujado nunca mientras la madrugada se alejaba. Creo que era la primera vez en años que disfrutaba tanto haciendo algo que había olvidado, pero cuando el material es único, todo es más fácil.

No me importaba no dormir, solo deseaba disfrutar. Busqué un tango, imagino que porque era lo perfecto para esas horas de la noche, y escuché esa música mientras disfrutaba creando y leyendo el cuento que había imaginado aquella duende de chica que me tenía fascinado.

Sonaba el tango «El día que me quieras». Siempre me han parecido muy bellos esos versos. Un tango no deja de ser un pensamiento triste tan bien musicalizado que te parece hermoso, un cuento para adultos que todavía desean creer en el amor y en sus consecuencias.

SEGUNDO BAILE
BOLERO

Las letras de los boleros aparecen cuando ya conoces un poco a la persona que amas. Siempre he creído que es el siguiente peldaño de una relación que se ha iniciado con el tango. Un buen bolero te toca el alma. Es una clase magistral que alguien compone para que sientas y comprendas aquella pérdida que no has podido superar. Los boleros sirven para conocer las debilidades de las personas y no tener que sufrirlas en tu piel.

«EL BARQUITO CHIQUITITO» (II)

Pasaron un, dos, tres, cuatro, cinco, seis semanas,
pasaron un, dos, tres, cuatro, cinco, seis semanas,
y aquel barquito, aquel barquito, aquel barquito naufragó.

Y si esta historia parece corta,
volveremos, volveremos a empezar.

6

SIN ELLA DESPIERTA, EL MUNDO ESTÁ MÁS OSCURO

Al día siguiente me desperté muy tarde sobre mi mesa de trabajo. No recuerdo ni cuándo me dormí, pero al abrir el ojo continué creando ilustraciones para ese texto magnífico que había superado la nocturnidad siendo igual de maravilloso.

No podía moverme de la habitación, me sentía pletórico. Hacía mucho que no disfrutaba tanto con mi trabajo porque, como os he contado, hacía tiempo que lo que creaba era como si lo vomitara y no tuviera ningún valor.

Por la tarde fui a aquella odiosa editorial. Cuando le entregué el cuento a mi editor y lo leyó, noté que le cambiaba la cara. Estaba disfrutando con todo: con la historia, con los diálogos y con las ilustraciones. Sentía que había hecho ese clic de los niños pequeños del que os he hablado. Y es que cuando un libro te atrapa, aunque sea un simple cuento, te parece que lo hayan escrito para ti. Pero para que eso ocurra tienes que haber sufrido, porque conecta con aquella emoción que no supiste definir pero que aún sientes dentro de ti y te duele.

—Es lo mejor que has escrito —dijo entusiasmado, mostrando por fin parte de su niño interior que yo pensaba que se había suicidado.

—Gracias —respondí medio avergonzado; sabía que no podía ponerme excesivas medallas por respeto a la auténtica creadora—. ¿Me podrías pagar el triple por este cuento? —añadí probando suerte.

—Si mañana me traes otro igual de bueno, te los pago los dos al doble de lo acordado.

—¿Puede ser por adelantado? —repliqué, ansioso por recuperar parte de mis pérdidas.

Mi editor conocía mi adicción, y su cara cambió al oír mi propuesta. Sabía adónde iría a parar aquel dinero. Y no se equivocaba, seguramente iría al rojo que debía ser negro, a los huérfanos que no salieron, al caballo equivocado o a la fila errónea de la ruleta a la que apostaría sin pensar en las consecuencias.

—Deberías dejar la ruleta. Te gusta demasiado perder —sentenció.

—Ya no juego. Me prohibí la entrada hace meses. —Mentía demasiado desde hacía mucho tiempo, otro de los efectos secundarios de mi adicción.

—Claro, lo que tú digas. —Sonrió. Tampoco deseaba tanto mi bien; aconsejar más que ayudar, mal de muchos para no implicarse en exceso—. Está bien, el doble por el de hoy, pero no por el de mañana. Si no lo traes, que sepas que puedo decirle a cualquiera de los otros que me escriba un cuento copiando tu estilo.

—Ya lo sé, pero no te gustan los homenajes, ayer lo dejaste muy claro.

Mi editor se carcajeó y os puedo asegurar que hacía años de la última vez que lo había visto reír. Aquel cuento te dulcificaba el alma y te domaba el espíritu. Era como una llave para perforar cualquier piel de caballo, que, como algunos sabréis, es la piel más dura que existe, necesita de caricias profundas para que el animal las note, igual que sucede con muchos humanos difíciles de domar y de emocionar.

Disponía de dos horas antes de volver a aquel lugar de cuento junto a Patricia, pero sabía que, sin ella, en las oficinas de aquella editorial, no podría iniciar ningún escrito. Aquel arte no nacía de mí, sino de ella. Pasé el tiempo barajando ideas, pero cuando pierdes el don y la creatividad no puedes hacer más que mirar una hoja en blanco. Da igual que estés quieto o que te muevas, comas o respires, nada llega si no hay nada dentro.

Durante esos momentos de pausa observé a mis compañeros; me fascinaba ver que aún creían en sus posibilidades y amaban lo que hacían. Hubo un tiempo en que también yo me sentía así, invencible por creerme único. Pensaba que todo lo que podías enseñarle a un niño estaba en los cuentos infantiles, si sabías crearlos. Y que en caso de que le dieras valores equivocados, lo confundirías para siempre. Al fin y al cabo, nuestras primeras lecturas nos convierten en lo que seremos, son nuestra guía sobre el bien y el mal aunque en ese instante no lo sepamos.

Pero yo ya no creía en nada de eso. Siempre me he preguntado si, en el caso de que pierdas el don, alguien lo usará más tarde, si se traspasa en caso de que lo malgastes por idiota.

Recuerdo un día en que me olvidé de dividir. Sabía hacerlo muy bien desde que aprendí en el colegio, pero, como con los móviles no hacía falta practicar, un día, cuando quise dividir a mano, me di cuenta de que lo había olvidado. Siempre me he preguntado si alguien aprendió a hacerlo al perder yo mi capacidad.

Me daba cuenta de que perdía el tiempo pensando en tonterías. Decidí ir antes de hora a casa de Patricia. Para mí ya no era la casa de Javier. A las ocho menos veinte ya estaba allí delante haciendo tiempo. No deseaba encontrármela durmiendo cuando llegase, así que llamé a la puerta.

El timbre seguía estropeado. Salté la valla, como el día anterior. El siguiente timbre tampoco funcionaba. Supuse que la puerta siempre estaba abierta, que solo había que girar el pomo, y entré otra vez sin pedir permiso. Me sentía un poco más parte de esa familia. Sonaba música de bolero desde aquel tocadiscos que presidía la sala. Era «Esta tarde vi llover», y supuse que esa tarde le enseñarían ese baile.

El hermano estaba practicando delante del espejo del salón. Usaba técnicas del tango aplicadas al bolero. Totalmente erróneo. También ese baile se le daba mal, dos de dos.

—Perdón, creo que con la música no me has oído —chillé desde la puerta—. Nada como un bolero para darte cuenta de la mierda de vida que tienes.

El hermano dejó de bailar. Noté que aún no le agradaba mi presencia, pero esa vez no se avergonzó. No tenía por qué; bailar es un don, no hay más. Cada uno lo hace a su manera, como respirar y como practicar el sexo. Si no tienes la suerte de contar con un gran maestro o una pareja que te enseñe con pasión, no cambias.

—Pensé que te fugarías con mi dinero. Se agradece que hasta hayas llegado antes —dijo intentando empatizar usando mi propia ironía.

Sonreí para continuar con la leve complicidad que habíamos logrado la noche anterior. Busqué a su hermana con la mirada hasta los confines de las puertas colindantes, pero no había ni rastro de ella.

—Te he puesto un poco de queso. Como te gustó tanto el de ayer. Esta vez es tierno y de vaca —dijo mientras se preparaba la bolsa de deporte negra.

—¿Tu hermana ya duerme?

—Sí, hace rato.

—¿Quieres que la conozca hoy?

—Mejor que duerma.

—¿Seguro que hay alguien en ese cuarto? Si no me dejas entrar, acabaré pensando que no hay nadie. Quizá eres un listillo que me hace cuidar la casa, en lugar de a la hermana, por un precio módico.

—Mi hermana existe y duerme. ¿Te importa si

me voy ya? Así podré empezar a practicar antes con la misma pareja que tuve ayer.

—No, no, tú mismo. Y que sepas que no te cobraré estos quince minutos.

En esa ocasión fue él quien sonrió levemente. Se recolocó la corbata y volvió a ponerse mucha colonia. Yo conecté de nuevo el ordenador en el enchufe que me había cedido y me senté con la esperanza de que su hermana apareciese pronto.

—Cualquier cosa… —dijo, y supuse que era la coletilla que utilizaba con todos los canguros antes de abandonar la casa.

—Te llamo —concluí—. Teléfono, queso, nevera, toalla verde en el lavabo y volumen treinta y siete. Todo controlado.

—Sí, pero mejor llama al gimnasio donde hago el curso y ya me avisarán. Te he dejado el número en la puerta de la nevera. Es que me obligan a apagar el móvil. Di que es superurgente. La profesora es un poco extrema con lo de interrumpir la clase.

Asentí con la cabeza y sonreí. Estuve a punto de preguntarle otra vez por su hermana, por qué era como era. Deseaba comprender qué le ocurría, pero temí toparme con un muro, como el primer día. Él me miró fijamente antes de marcharse. Esa vez no se entretuvo tanto al salir.

Cuando comprobé que se había ido, decidí acercarme a la habitación de Patricia. Pegué la oreja a la puerta cerrada, pero no oí nada. Era como si no hubiese nadie dentro. No me atreví a entrar; siempre he respetado mucho las puertas cerradas, quizá por lo que viví en mi segunda casa. Si algo está cerrado, no lo abras jamás.

Decidí hacer ruido en la cocina, pero no parecía despertarla. Casi rompo un segundo vaso. Volví a pasar de lo que el hermano me había dicho de los estantes y cogí comida variada. Me gusta saltarme las normas.

Regresé al salón y puse en marcha el tocadiscos. Subí el volumen y resonó «Esta tarde vi llover y no estabas tú» a todo volumen, pero obtuve el mismo resultado que la letra declaraba.

De repente se me ocurrió algo; era una idea idiota, pero probé a ver si funcionaba: apagué todas las luces de la casa confiando en que, cuando las encendiera, aquella chica aparecería a mi lado con su pijama como por arte de magia, cual historia de cuento.

Lo hice dos veces, pero no logré nada. Ella no era como el cuento aquel de los duendes que arreglaban zapatos por la noche. Y os aseguro que, sin ella despierta, mi mundo estaba más oscuro. Sin ella, nada de aquello tenía sentido, y menos mi presencia allí. ¿Qué cuidaba yo si ella ya dormía tranquila y plácidamente?

Decidí salir al jardín con el ordenador y tumbarme en una hamaca que había allí colgada. Aún soñaba con nadar en esa piscina; el agua siempre ha formado parte de mi inspiración.

Me di cuenta de que nunca había deseado tanto que un niño a mi cuidado se despertase para jugar con él. Estaba ansioso, hacía años que no sentía esa emoción, ese deseo de conocer a alguien y de entrar en su mundo. Por lo general, debido a su corta edad, los chavales a mi cargo no tenían mucho más fondo que el que mostraban.

Cierto es, no os lo niego, que también deseaba que escribiese más historias para luego yo poder venderlas, pero eso era lo de menos. Lo más fascinante era acercarme a la mente creadora de esa maravilla que había reavivado en mí la pasión por la escritura y la ilustración.

Hacía tiempo que no dejaba que nadie entrara en mi vida porque me daba miedo que la trastocaran. Luego me resulta muy difícil sacarlos, no solo de mi vida, sino de mi mente, si algo no va bien. Mi máxima era «Si no entran, no hay que sacarlos».

Estaba agotado de sostener un ordenador con una página en blanco. Decidí que era hora de nadar en aquella piscina. Me quité la ropa, me metí en el agua y comencé a hacer largos sin quitar ojo a la casa, esperando que ella apareciese y mi mundo volviera a tener sentido. Por primera vez en años, estaba dispuesto a dejar por fin entrar a alguien.

7

LAS EMOCIONES AUTÉNTICAS PUEDEN TOCAR LOS CORAZONES INERTES

Me sentía pletórico. Había llegado a la hora al gimnasio, había dejado dicho en recepción que me avisaran si alguien se quería comunicar conmigo, me había cambiado sin prisa, había guardado el teléfono en la taquilla y estaba preparado junto a mi pareja de baile. Comenzaba a verle pequeñas virtudes, quizá porque empezaba a acostumbrarme a todos los gestos que emanaban de su cuerpo. Los detalles de una persona en movimiento siempre retratan su personalidad. Quizá por eso las fotos son la peor forma de conocer a un ser humano, porque en realidad no lo reflejan en absoluto.

La profesora nos observaba. Creo que en los ojos tenía una máquina de radiografía humana de defectos y virtudes al bailar. Nuestros movimientos absurdos al danzar revelaban nuestra manera de ser.

Nos había explicado ya los ocho o diez pasos básicos del bolero. Nunca se excedía, como temerosa de asustarnos con demasiada técnica y ansiosa de que domináramos lo que podíamos asimilar fácilmente.

Sentía que la profesora sabía más de mí que yo mismo por mi manera de pisar a aquella chica. Me di cuenta de que aquel curso empezaba a apasionarme; me encantaba que, en este mundo en el que parecía que a nadie le importaban tus problemas, alguien capacitado examinara tu alma.

—Para bailar el bolero necesitáis mucha concentración —dijo con una voz muy en el tono del baile que aprenderíamos—. Y debéis entender las letras, así que tenéis que recitarlas en voz alta, susurrárselas a vuestra pareja.

A continuación puso «Adoro», de Armando Manzanero. Comencé a practicar los ocho pasos bailando con aquella chica. Aún no cantábamos la letra, creo que a los dos nos daba vergüenza.

Veía que algunas parejas la recitaban tímidamente; unos lo hacían sin sentimiento; otros, con sonrojo. Ella fue la primera en lanzarme la frase. Era más arrojada que yo en todos los aspectos. Ese rasgo siempre me ha gustado, me atrae la seguridad que de primeras parece que no se posee.

—«Adoro la calle en que nos vimos» —me susurró un poco titubeante.

—«La noche cuando nos conocimos» —repetí con su mismo tono y sin dejar de bailar.

—«Adoro las cosas que me dices» —añadió con confianza.

—«Nuestros ratos felices» —solté con más energía.

—«Los adoro, vida mía» —dijimos al unísono, y nos sorprendió lo bien que nos quedó ese verso tan complejo.

Sentí que cada vez bailábamos mejor, como si decirnos aquellas frases diese más sentido a nuestros ocho pasos de bolero.

A partir de ese instante nos acercamos más el uno al otro y dijimos las frases intentado comprenderlas, como nos había pedido la profesora. Aún sin sentimiento, pero con seguridad. Nos concentrábamos en esos pasos y en el baile. Lo de menos eran nuestros sentimientos y su veracidad.

—«Adoro la forma en que sonríes».

—«Y el modo en que a veces me riñes».

—«Adoro la seda de tus manos…».

—«… los besos que nos damos…».

—«… los adoro, vida mía».

—«Y me muero por tenerte junto a mí».

—«Cerca, muy cerca de mí».

—«No separarme de ti».

—«Y es que eres mi existencia, mi sentir».

—«Eres mi luna y eres mi sol».

—«Eres mi noche de amor».

A partir de ahí, el baile comenzó a fluir, y cada frase fue dicha al otro como pensamientos que necesitáramos soltar, cual lastre que nos pesaba y nos corroía el corazón. Había una carga que nunca había sentido en mí al hacer aquello tan sencillo y tan sanador. Era como si sintiéramos por el otro todo aquello que recitábamos, aunque no lo hubiéramos vivido todavía con aquella otra persona.

—«Adoro el brillo de tus ojos...» —dije sin dejar de observarla.

—«... lo dulce que hay en tus labios rojos» —replicó mirando esa zona concreta de mí.

—«Adoro la forma en que suspiras...» —le retorné con deseo.

—«Y hasta cuando caminas...» —me susurró al oído, y todo mi cuerpo se erizó.

—«... yo te adoro, vida mía» —nos dijimos con una pasión que no sentíamos pero que se estaba creando en ese instante.

Justo cuando parecía que el baile nos llevaría a juntarnos y tocarnos más, la profesora detuvo la clase.

Y entonces observé que aquella magia no solo nos había ocurrido a nosotros, sino que todos los alumnos sentían eso mismo por su pareja de baile. Era como una orgía repentina de emociones a ritmo de bolero que no habíamos podido controlar y que nos había llevado a bailar y sentir de una manera brutal.

—Ya no necesitáis decir las frases, solo bailar.

La canción siguió sonando. Armando Manzanero se convirtió en la única voz con permiso para cantar boleros, y todos comenzamos a bailar con una fuerza que nunca habría imaginado en aquellos seres novatos en el arte de la danza.

Y me muero por tenerte junto a mí,
cerca, muy cerca de mí,
no separarme de ti.

Y es que eres mi existencia, mi sentir.
Eres mi luna y eres mi sol.
Eres mi noche de amor.

Yo te adoro, vida mía.
Yo te adoro.

La miré. Era increíble aquella chica, no sé cómo no me había dado cuenta. Creo que ella sintió algo parecido; mis ojos verdes ya no debían de parecerle tan tristes y sin brillo.

Cuando acabó la canción vimos que los bicicleteros, musculadores y nadadores habían interrumpido sus actividades repetitivas y nos miraban como si los hubiéramos embrujado.

Las emociones humanas, si son auténticas, pueden traspasar las paredes y tocar los corazones inertes. Y aquello es lo que había ocurrido en un lugar adonde parecía que la gente iba solo a muscularse el físico, no los sentimientos. La onda expansiva que habíamos creado había llegado muy lejos.

8

LOS MOSQUITOS SIEMPRE PICAN A LAS VISITAS

Sentí algo extraño, como si de pronto una fuerza me despertase en el jardín; al salir de la piscina me había quedado nuevamente traspuesto en la hamaca. Era como si una energía creada de la nada me hubiera tocado el alma y me hubiese despertado. Además, me había picado un mosquito en la mejilla. No era de extrañar, los mosquitos siempre pican a las visitas porque saben que es la sangre más exótica; a los de la casa los tienen demasiado probados, o eso decía siempre mi padre.

De repente me di cuenta de que seguía oyendo ese sonido o energía; provenía de la puerta y se había introducido en mi sueño, como ocurre cuando duermes a gusto. El timbre principal había vuelto a la vida, como si una fuerza o una electricidad oculta del universo lo hubiera arreglado. Era sorprendente.

Aún estaba bastante dormido, y eso era extraño, porque en mi casa nunca podía conciliar el sueño. En cambio, en cualquier parte de esa casa me relajaba y me dejaba ir.

El timbre seguía sonando. Esperé un poco, pero aquello tampoco hizo que Patricia se despertara.

Me vestí sin prisa. Sabía que no era el hermano porque él tenía llave. Fui a la puerta y, cuando la abrí, allí estaba mi amigo Ignacio. Tenía mi edad y era mi pareja de payaso en muchos espectáculos. Yo lo llamaba siempre Larguirucho. Era su nombre de payaso, y él solo respondía a ese nombre.

No es que fuéramos grandes payasos; éramos clásicos, y últimamente aquello no se llevaba, pero nos salían bastantes fiestas infantiles. Copiábamos sobre todo a Chaplin, el maestro. Todo en su Charlot es sencillo, se mueve por hambre o por amor, y eso funciona bien a todas las edades.

A veces Larguirucho me ayudaba a desvalijar casas. Había olvidado que el primer día le había mandado la foto de la caja fuerte y, por la noche, desde el casino, cuando lo había perdido todo, le había enviado la dirección para que viniera a ayudarme al día siguiente.

Ya no sentía esa necesidad, y su presencia me resultaba extraña e incómoda. No podía hacerles eso a aquellos hermanos. En ocasiones robábamos también en las casas donde trabajábamos de payasos, porque la gente no sospechaba de nosotros, sino de los invitados. Nunca conoces del todo bien a los padres de los compañeros de colegio de tu hijo. Que su hijo vaya a clase con el tuyo te abre puertas para invitarlos aunque no sean de confianza, y son los primeros en los que recaen las sospechas cuando algo falta.

—Menuda casa. Estos están forrados. ¿Dónde está la caja fuerte? ¿Estabas durmiendo o nadando? Vaya cara de dormido —dijo Larguirucho.

Siempre abría muchos temas y no cerraba ninguno, supongo que porque en realidad nada cotidiano le interesaba mucho.

—He cambiado de opinión respecto a la caja fuerte. Mírala, pero no la abras, y sobre todo no hagas ruido, la niña duerme —dije mientras me acababa de vestir.

—¿Remordimientos? Como quieras; no sirven de mucho, pero si te hacen sentir bien. Oye, he leído tu email con tu último cuento.

—¿Y qué te ha parecido? —Recordé que se lo había mandado la noche anterior; él tenía gran sensibilidad y me interesaba sobremanera la opinión de alguien emocional.

—Increíble, buenísimo, por fin un cuento para niños sin las chorradas esas de personajes amorfos en planetas desconocidos. Es tan bueno que no me trago que lo hayas escrito tú. —Dijo como si tal cosa, y se quedó mirando la piscina—. Vaya vistas. Esto es vida. ¿Siempre te ponen queso? —preguntó al tiempo que cogía varios trozos y se los metía en la boca.

—El dueño de la casa está obsesionado con que coma. ¿Quieres ver la caja? —repliqué en un intento de no poner el foco en el cuento no escrito por mí.

Se la mostré. Él la miró con desinterés, como si no fuera nada del otro jueves para sus habilidades, mientras devoraba el queso. Aquello me traería más queso, no había duda.

—Es complicada, pero no difícil, como casi todo en esta vida. En un par de horas la abro. ¿Seguro que no quieres que lo hagamos hoy?

—No, hoy no. Estaré otros dos días aquí, podemos probar el último.

Era consciente de que, por mucho que amara la esencia de aquella chica, el juego era una realidad que me amarraba a una vida de mierda. Has de ser realista con tus debilidades.

—Tenemos un bolo mañana por la tarde. Pagan bien, y seguro que en esa casa también hay cosas de valor. Pero tenemos que ensayar. La semana pasada el número nos salió demasiado repetitivo y perdimos la atención de los chavales por momentos.

—Salió bien. El problema fue que los niños estaban demasiado enganchados al móvil. —Me agobiaba su pasión por la perfección hasta en un espectáculo infantil.

—Si el número es malo, los niños no disfrutan, no nos recomiendan, no nos contratan y no entra dinero —sentenció.

—Paso de ensayar —dije con seguridad y con ganas de que se marchase.

Nos miramos y nos embarcamos en una de esas terribles discusiones que teníamos muy a menudo; si alguien nos hubiera visto, habría pensado que era uno de nuestros números de payasos, pero era simplemente nuestra forma de comunicarnos.

—Paso de ensayar —repetí.

—Debes ensayar —replicó.

—Paso.

—Debes.

—¡No! ¡Paso!

—¡¡¡Debes!!!

—¡¡¡Paso!!!

Y cuando aquella escalada parecía no tener fin, de pronto apareció Patricia. Estaba sentada en el sofá del salón. No sabía cómo había llegado hasta allí sin hacer ruido. Nos imitaba de forma muy graciosa diciendo «paso» y «debes» de forma alternativa. Larguirucho se quedó tan sorprendido como yo cuando la vi por primera vez, imagino que por su edad, pero también por esa energía que irradiaba y que te atraía.

—¡¡¡Paso, debes, paso!!! —exclamó imitando a la perfección las tonalidades de nuestra voz—. ¿Quién eres? —dijo mirando a Larguirucho con mucha curiosidad.

Decidí atajar aquello antes de que se pusiera demasiado extraño con lo de las vocales.

—Un amigo mío, pero ya se iba. ¿Llevas mucho tiempo ahí? —dije, preocupado, pensando en la caja fuerte.

—¿Qué es eso que debes hacer? —me preguntó ella.

—Nada —dije tajante.

—Practicar —interrumpió Larguirucho, que seguía igual de fascinado que yo por aquel ser.

—¿Practicar qué? ¿Cómo te llamas? ¿Qué vocales tiene tu nombre?

—¿Y eso? —Mi amigo sonreía.

—¿Cuántas aes?

—Dos íes, una a y una o. Ignacio, pero Ignacio ya se va, ¿verdad? —dije empujándolo hacia la puerta.

—Me gusta más que me llamen Larguirucho, una a, una i, una o y dos úes. —Ella sonrió al oír tantas vocales—. Pero aún no me voy, antes tenemos que practicar. No me voy sin practicar. Una fiesta infantil de cumpleaños conlleva mucha responsabilidad.

—Deja de hacer el gilipollas. Nos sabemos el número de memoria —respondí subiendo el tono.

—Deja tú de hacer el gilipollas. Un bolo es algo serio. Los niños se merecen el mejor número posible.

—¿Puedo mirar mientras practicáis? —preguntó Patricia uniéndose a la discusión.

—Sí, claro. Nos irá muy bien ensayar con público, así será más real —dijo Ignacio.

—¡¡¡Joder!!! ¿Quieres parar de una puta vez? —grité perdiendo los estribos.

Se hizo el silencio. Larguirucho y Patricia se me quedaron mirando. Tampoco a mí me había gustado ese arrebato de rabia; había llevado ruido a aquel lugar de paz. No debía olvidar que cuidaba de alguien. No sabía cómo solucionar ese extraño instante de tensión que había creado.

—Vamos a hacer una cosa. Os propongo un acertijo —dijo Patricia intentando arreglar mi salida de tono—. Si no acertáis, os veo ensayar. Si acertáis, me lo pierdo.

—Es justo. ¿Qué te parece? —me preguntó Larguirucho deseoso también de rebajar la tensión.

Acepté avergonzado; sabía que esa forma de arreglar las cosas provenía de una mente infantil pero a la vez inteligente. Larguirucho siguió comiendo queso y Patricia comenzó con su acertijo: tocaba cosas que había por la terraza y por el salón y nos preguntaba de qué color eran. Todas las que tocaba eran de color blanco. Parecía un juego muy tonto, pero peor era perder los nervios. Lo hizo como en doce o catorce ocasiones y siempre respondíamos al unísono «Blanco».

—¿De qué color es este libro?

—Blanco.

—¿Y el techo?

—Blanco.

—¿El cenicero?

—Blanco.

—¿El calzoncillo que le asoma a Larguirucho?

—Blanco.

—¿El queso?

—Blanco.

—¿Mis zapatillas?

—Blancas.

—¿Qué bebe la vaca?

—Leche —dijimos a la vez dándonos cuenta del error en ese mismo instante.

—¿Leche? ¿Las vacas beben leche o agua? —replicó Patricia al instante.

Y se echó a reír. Hacía tiempo que no veía a nadie pasarlo tan bien con un trabalenguas tan tonto. Le dio un ataque de risa que nos contagió y nos unimos a su felicidad.

Y mientras nosotros dos aún nos reíamos, me di cuenta de que ella había convertido la oscuridad en felicidad. Se calló de golpe. Quería ver el ensayo, lo tenía claro. Todo aquello era para vernos practicar, y se lo debíamos.

—Quiero veros ensayar. He ganado.

Sonreí, era justo.

—Está bien. Practicamos un poco y luego los dos os vais, ¿vale?, tú a dormir y tú a tu casa —dije mirándolos.

Ambos estuvieron de acuerdo. Larguirucho sacó entonces dos narices rojas que siempre llevaba en el bolsillo izquierdo y se colocó una él y me tendió la otra. Seguidamente sacó de su mochila su sombrero de Charlot y el borsalino que heredé de mi padre y que llevaba a todas las funciones.

Patricia parecía emocionadísima.

—¿Sois payasos? ¡Uau! Mi canguro es un payaso, el canguro payaso. Esperad un momento, no os mováis.

Y se marchó corriendo hacia su habitación a toda velocidad. Los dos nos quedamos mirándonos con las nariz roja puesta. Sabía lo que él diría.

—Tu niña está muy crecida…

—Es especial —dije pareciéndome al hermano.

—Lo parece —matizó Ignacio.

Patricia volvió con una cámara Polaroid. Nos hizo una foto a cada uno y esperó a que se revelaran mientras se abanicaba con ellas. Después abrió un álbum que llevaba bajo el brazo, buscó una página en blanco, y pegó las dos fotos con mucho mimo. Escribió algo en ellas, pero lo tapó para que no lo viéramos; seguramente eran las vocales que tanto amaba. A continuación miró los pies de Larguirucho.

—¿Calzas un cuarenta y cinco? —le preguntó.

—Acertaste de pleno —dijo Larguirucho, y ella apuntó también ese dato.

Seguidamente nos miró extrañada de que no hubiéramos empezado a practicar.

—Cuando queráis. ¿A qué esperáis?

Íbamos a empezar cuando me miró a los ojos.

—¿Cuál es tu nombre de payaso? —me preguntó al darse cuenta de que Larguirucho era el de mi amigo.

Dudé si decírselo. Era el nombre por el que me había llamado siempre mi padre, aquel escultor que hablaba de los no graduados emocionalmente. Después de que muriera, nadie me volvió a llamar así, y mis padres adoptivos me pusieron Carlos porque, por extraño que parezca, yo no constaba en ningún registro, como si no hubiera nacido. Era absurdo, y esperaba que en tres días aquella carpeta me diese una explicación lógica sobre mi pasado.

—Pon Carlos —dije—, una a y una o. —No deseaba contárselo.

Ella se disgustó. Era la primera vez que la veía así. Odiaba la mentira.

—Te he hecho la foto con tu sombrero y tu nariz roja, así que necesito tu nombre de payaso, no tu nombre de persona.

Larguirucho me miraba extrañado, estaba a punto de decirle mi nombre, pero no deseaba volver a crear tensión y se lo confesé yo:

—A, u… Azul.

Ella sonrió de oreja a oreja y pronunció mi nombre igual que lo hacía mi padre. Se me erizó todo el cuerpo. La vi tachar las vocales del nombre que me pusieron en mi segundo hogar, el que no me definía, y lo cambió por mi nombre de payaso.

—Y un cuarenta y dos o cuarenta y tres, dependiendo del zapato, ¿verdad? Como yo, calzamos el mismo número —dijo sin esperar respuesta.

Acertó de pleno, asentí con la cabeza. Pusimos la música de nuestro número y comenzamos a practicar. Era una rutina muy Charlie Chaplin, inspirada en la escena de boxeo de esa maravilla que es *El chico*. Idea de Larguirucho, un genio consiguiendo que los nenes rieran con adaptaciones de los clásicos.

Al final del número siempre nos dábamos muchas tortas de payasos, de esas que suena una palmada por debajo mientras la das y el otro vuelve la cara sin que se la golpees. A los niños les encantaba ese instante y, como no podía ser de otra forma, Patricia se entusiasmó y nos pidió que nos diésemos sin parar. Para ella no eran tortas de mentira, y le divertía ver cómo nos atizábamos sin dolor aparente y sin fin.

Al llegar casi al centenar de bofetadas, decidimos parar. La verdad es que no podía negar que ensayar nos había ido bien. Lo teníamos todo un poco oxidado y con falta de ritmo. Habíamos puesto una pasión que no recordaba, quizá porque aunque solo había una persona como público, sabíamos que era muy exigente y deseábamos deslumbrarla.

—¿Me enseñáis? —preguntó Patricia saltando del sofá y poniéndose a nuestro lado—. Quiero dar tortas.

—¿Quieres dar tortas? —dijo riendo Larguirucho, ansioso por enseñarle.

—Sí, buenas tortas, ¡¡¡grandes hostias!!! Primero a ti, Larguirucho —respondió ella.

Me encantó su energía. Normalmente algunos niños lo probaban entre ellos, pero nunca nos habían pedido permiso para pegarnos a nosotros.

Decidí mostrarle cómo lo hacíamos, así que la situé delante de Larguirucho. Estaba a punto de enseñarle el truco cuando de golpe ella le soltó una sonora bofetada. Mientras mi colega se quejaba, ella, feliz, se tronchaba de risa.

—No es así —dije—. No son de verdad. Mira, prueba en la otra mejilla, pero lo que tienes que hacer es…

Patricia le soltó una nueva torta a Larguirucho. Otra de verdad.

—¡¡¡Joder, qué hostias da!!! —se quejó Larguirucho tapándose el rostro.

—¿No lo hago bien? —preguntó ella preocupada.

—No. No nos damos tortas de verdad. El truco está en hacer el gesto de soltar la mano pero no llegar a tocar la cara, al tiempo que el otro payaso da una palmada simulando el ruido de la bofetada —dije haciendo el gesto a cámara lenta mientras Larguirucho daba la palmada por debajo, que era lo que sonaba como la torta.

—¿No os dais tortas de verdad? —preguntó ella desconcertada.

—No, pero a la gente le parece que sí —dije.

—Vaya, qué curioso. Probémoslo —propuso sonriendo.

—¿Seguro que lo has entendido? —quiso saber Larguirucho, cansado de recibir tanta bofetada.

—Sí, sí —dijo Patricia sonriendo.

Patricia se lo quedó mirando. Lanzó la mano hacia Larguirucho, él dio la palmada mientras giraba la cara y ella no lo tocó, pero pareció una bofetada perfecta. Luego fue él quien lanzó la torta y ella hizo genial el sonido por debajo y el giro de cara. Lo repitieron diez o doce veces, y después Patricia me miró.

—Son más divertidas las tortas de verdad, pero esto da el pego. Ahora contigo, Azul —dijo pronunciando con pasión mi nombre. Sabía que para ella ya no sería Carlos nunca más, llevase o no nariz de payaso y borsalino.

—¿Quieres darme una torta? —le pregunté.

—Sí.

Me coloqué delante de ella. Estuvimos unos segundos en silencio y, cuando ella levantó la mano, hice el sonido de la palmada, pero Patricia, en lugar de darme una torta falsa con la mano, me dio un beso real en la boca.

—Buenas noches, me voy a dormir —dijo a continuación—. Y tú también tienes que irte, Larguirucho. Se lo prometimos, y las promesas se cumplen —añadió.

Me quedé sin saber qué decir. Mi amigo se quitó la nariz de payaso y tampoco supo qué decir después de presenciar aquel momento tan bello y tan intenso.

—Yo también me voy. Ya hemos practicado —dijo Larguirucho cuando Patricia se hubo ido.

—Sí.

—Mañana por la tarde paso a buscarte por la editorial. Recuerda: cuando acabemos, yo entro en la casa y tú distraes a los padres; pero distráelos bien, que en la última casa casi me pillan con las manos en la masa.

—Lo haré, tranquilo —respondí sin casi escucharlo, absorto aún por aquella bofetada que se había transformado en beso.

Larguirucho se fue. Me quedé sin saber qué decir ni cómo reaccionar. Cogí un trozo de queso, que odiaba, y me lo comí. Luego dos o tres más, y la verdad es que por primera vez en años me supo bueno. Al final, odiar tiene que ver más con el recuerdo que con la realidad.

Observé el álbum que ella había dejado olvidado en el sofá, donde había pegado nuestras dos polaroids. No pude evitar abrirlo y mirar todas aquellas fotos tan bien ordenadas. Debajo de cada imagen había un montón de vocales escritas con buena letra y también los números de pie.

Era alucinante, no sabía quiénes eran esas personas, pero al hacerles las fotos había logrado que sonrieran a pleno pulmón. Aquellas imágenes rebosaban de felicidad. También había trozos de cielo con sus respectivas vocales debajo. No comprendía bien qué hacían entre aquellos rostros, nada lo explicaba, pero eran cielos muy bellos repletos de nubes perfectamente colocadas y, a su manera, también sonreían.

Estaba mirando aquel álbum hipnótico y supe que me quedaría dormido. Mi vida se tambaleaba desde hacía dos días. Aquel beso no tenía valor, no era nada, solo el juego de una niña que se comunicaba con su canguro.

A veces olvidamos lo importante que es jugar. De niños el juego lo es todo, repetimos una y otra vez lo que nos encanta sin aburrirnos, pero luego crecemos y deseamos emociones únicas que nos lleven a esos instantes imposibles. Por desgracia, el mundo no nos puede dar eso, o quizá no puede si pensamos con nuestro cerebro de adulto. Olvidamos que en el jugar y en la repetición existe la felicidad. Deberíamos aplicarlo a todo: al trabajo, al amor y al sexo. Pero olvidamos algo tan sencillo y, por no aburrirnos o repetirnos, acabamos siendo más infelices.

Lentamente, pensando en lo fáciles que pueden ser las cosas si miras la vida de lejos, no de cerca, jugando a cada instante, me quedé dormido. Esa vez no me importó ni hice esfuerzos por mantenerme despierto. Sabía que ella me cuidaría.

9

EL CRUJIR ES IMPORTANTE PARA RECONSTRUIRSE

La clase había acabado. Todos habían salido de la sala y no sé por qué pero esa vez hice tiempo para esperarla después de tanto baile. Supongo que necesitaba saber si ella había sentido lo mismo que yo durante ese bolero.

—Has bailado muy bien —le dije sin ser sincero respecto a lo que realmente deseaba preguntarle; era más fácil recitar letras que no sentías que hablar de sensaciones que habías notado.

—Te he pisado un poco menos, creo. ¿Quieres practicar más? —me preguntó.

—No puedo, lo siento. Tengo el tiempo justo para ducharme y volver a casa —dije, temeroso de alargar lo que había sentido y perderlo.

—Yo la verdad es que prefiero darme un baño en la piscina a ducharme en esos cubículos. Es lo bueno de que las clases se den en un gimnasio. Si quieres, te veo allí.

Ella se fue a su vestuario para cambiarse y dirigirse a la piscina. No me insistió, y quizá fue eso lo que me decidió a hacer lo mismo. Lo de menos era dónde ducharme, y sentía que debía descubrir más de ella.

Me cambié en el vestuario y me dejé los calzoncillos; se parecían al bañador, y socialmente es algo bastante aceptado. Cuando salí, ella me estaba esperando, como si supiese que me apuntaría. Fuimos lentamente hacia allí. Yo la seguía. El baile residía en nuestra piel, caminábamos al unísono, siguiéndonos las puntas de los pies a ritmo de bolero.

No había nadie en la piscina cuando llegamos. Faltaba poco para que cerrasen, y hasta el socorrista había desaparecido, quizá para dedicarse a tareas secundarias creyendo que no vendrían más clientes acuáticos.

Ella se metió en el agua. Llevaba bañador. Era

cierto que debía de hacerlo cada día. Esperé hasta que se alejó un poco para quitarme la toalla y que no se percatara de mis calzoncillos. Nadó unos largos y yo también, cada uno en un carril. Era estúpido no compartir carril, pero deseaba darle intimidad. Nuestros largos también resonaban al ritmo de la música; cada brazada se movía al son de Manzanero.

Al fin, una voz agotada resonó por los altavoces advirtiendo a los que aún seguían allí que debían abandonar el gimnasio porque cerraba en veinte minutos. Finalmente me metí en su carril.

—Tenías razón, el baño posbaile valía la pena —dije intentando iniciar una nueva conversación.

—Sí —respondió.

Volvimos a quedarnos en silencio. Nuestros cuerpos estaban en el mismo carril, pero alejados. Imagino que les extrañaba que no nos acercáramos más. Habíamos sentido tantas emociones hacía tan poco que era absurdo que nos separara tanta distancia en forma de agua clorada.

—Ha sido curioso eso de recitar en voz alta la letra de la canción. Es verdad que ayuda a bailar mejor —dije adentrándome en el tema del que deseaba hablar.

—Sí —contestó de nuevo.

De nuevo el silencio. Era obvio que ambos habíamos notado algo especial bailando y recitando aquellos versos, pero sin la música de bolero nos sentíamos huérfanos de emociones.

—¿Por qué haces el curso? —le pregunté intentando averiguar algo más de ella.

Ella me miró a los ojos y os aseguro que temblé. En aquella piscina vacía, compartiendo carril, sentí que me tenía atrapado. Era algo difícil de explicar. Ella tardó en contestar. No había duda de que cuando se abría lo hacía en canal. No le gustaba hablar por hablar, sino decir lo que realmente pensaba.

—¿Quieres la verdad? —Hizo una pausa larga y comprendí que estaba a punto de contarme algo muy emocional—. Rompí con mi pareja hace unos meses. Cogí una depresión y al final decidí que ya estaba bien de tanta autocompasión, y me desaceleré de este mundo. El mundo va a una velocidad demencial. La gente solo aspira y aspira a mil cosas. Yo ya no deseaba aspirar a más, sino salir de esa autopista de locura y desacelerarme del mundo. Y este curso forma parte de mi desaceleración.

No supe qué replicar, no conocía a gente que se abriese tanto con una pregunta tan sencilla. Comprendí por qué era diferente al resto, había pasado por mucho y no deseaba nada intrascendente en su vida. Creo que notó mi miedo ante tanta verdad. Estoy tan acostumbrado a que la gente mienta, o no diga nada, que no sabía cómo reaccionar. Ella decidió continuar explicándose; creo que deseaba aclararme conceptos básicos para un neófito de las emociones como yo.

—Desde que decidí desacelerarme del mundo, cuando algo aparece en mi vida, lo atrapo. No hago preguntas: si lo necesito, lo atrapo. Ahora noto el crujir dentro de mí; es como si, al parar, todo se estuviera recomponiendo en mi interior. El crujir es importante para reconstruirte, es como las placas tectónicas de la Tierra, pero en tu propio cuerpo, aunque últimamente nadie se escucha porque emiten demasiado ruido.

Era todo tan de verdad. Sonaba como ese bolero. Todo lo que había dicho era como la letra de una canción del estilo de la que habíamos bailado. Ella no necesitaba mis interrupciones en forma de conversación, era dolor puro explicado con una energía extraña. Quizá no solo nos movíamos o nadábamos a ese ritmo, sino que también conversábamos así.

Nos quedamos en silencio, creo que como intentando escuchar ese crujir. Yo no oía nada excepto mis miedos; ella se rio al darse cuenta de que me estaba escuchando. Y después me observó. Ya no solo me miraba, se fijó en la piel quemada de mi brazo izquierdo como descubriendo la herida que ocultaba todos mis traumas. Supe que me iba a preguntar y decidí adelantarme; no deseaba mentirle después de tanta verdad.

—Tengo que irme, lo siento. Hasta mañana —dije con sequedad.

Ella me miró a los ojos. Se dio cuenta de mi miedo.

—Deberías probar lo de desacelerar y abrirte. Pruébalo con alguien y notarás ese crujir.

No contesté. Me fui a toda velocidad nadando hasta salir de la piscina. Estaba huyendo para no abrirme. Supe que la había cagado: había deseado volver a conectar con alguien, pero me había desconectado de inmediato.

A veces, alejarme tanto de todos tenía el problema de que había desaprendido cómo se hacía. Sentí que ella me miraba aquel absurdo calzoncillo mojado que se me había pegado al cuerpo. No me di la vuelta ni para despedirme. Ella me había abierto el corazón y yo había huido como un cobarde, como si en lugar de mostrarme sentimientos me hubiera lanzado granadas de mano.

Decidí volver a ducharme en el vestuario. Solo quedaban dos o tres chavales jóvenes que se hacían fotos ante el espejo intentando dilucidar cuál tenía mejores abdominales. Me duché mucho rato aunque estaba limpio, pues deseaba ser el último en salir del gimnasio y no volver a cruzármela en la salida. Cuando me fui, estaban apagando las luces del gimnasio. Tan vacío no parecía el mismo lugar, y no había ni rastro de la chica.

Cuando volví a casa, encontré al canguro dormido de nuevo en el sofá.

—Buenas noches —dije con bastante mala leche mientras lanzaba la bolsa al suelo y conseguía despertarlo. Estaba claro que él pagaría mi frustración.

—Vaya, me he vuelto a dormir. ¿Ya son las doce?

—No sé si cobrarte la habitación por horas.

De repente vi que en las manos tenía el libro de polaroids de mi hermana. Eso solo podía significar que Patricia se había despertado. Él también se percató de que lo había descubierto.

—Se lo ha dejado tu hermana.

—¿Se ha despertado?

—Nada, solo un momento. Quería agua.

—¿Estaba bien?

—Sí, bien. No me ha parecido que tuviera ningún tipo de dificultad.

—Ya te dije que solo es especial. Puedes irte.

—¿Quién es toda esta gente? —me preguntó señalando el libro.

No sabía si mandarlo a la mierda, pero, como os he dicho, estaba cansado de comportarme así y tampoco tenía motivos para hacerlo. Él solo deseaba comprender a mi hermana, como todos los canguros que había tenido. Normalmente habría obviado su pregunta, pero estaba demasiado cansado. Odiaba no poder escuchar ese crujir del que hablaba mi pareja de baile por estar siempre enfadado y cabreado con el mundo. Me senté a su lado y pasé aquellas hojas repletas de polaroids.

—Son fotos de gente que viene a casa. Si a mi hermana le caen bien, les hace una foto y apunta las vocales de su nombre.

—¿Gente que viene a casa?

—Sí. Mira, ¿ves este?

—¿Dos oes?

—Sí. Tono. Es nuestro fontanero. Un día acabó empapado por un escape. Patricia le hizo esta foto. Este otro es el de las pizzas.

—Pone una i, una a y una o. Y luego está tachado y solo pone una i. ¿Por qué?

—Es Ricardo. Pero luego pasó a llamarse Rick, se americanizó el nombre.

—Hay muchas fotos.

—Sí, lleva muchos años haciéndolo. También hace fotos a los trozos de cielo de los lugares que ama o donde le pasan cosas bellas, y apunta las vocales de esos lugares.

—¿Y por qué?

—Porque le gusta.

—Ya. Supongo que no tienes por qué contármelo, solo soy el canguro. Lo entiendo —me respondió indignado.

Me di cuenta de que estaba harto de no decir

una verdad, de ocultarlo todo, de huir, de acelerar. Estaba atrapado por aquel discurso de la piscina; necesitaba abrirme por una vez. ¿Y qué importaba aquel canguro absurdo? Le dijera lo que le dijese, él lo olvidaría enseguida. Así que me dejé llevar por ese espíritu de bolero que aún residía en mí y me lancé a uno de esos monólogos que había oído cantar a Manzanero y replicar a mi pareja de baile.

—Mi hermana tiene desde pequeña una enfermedad poco conocida: no logra tejer recuerdos nuevos. Ella es totalmente funcional, como una niña en un cuerpo de adulto o una adulta con una niña dentro.

»No sabe lo que le pasa. Para ella es normal ser como es, pero sus recuerdos, desde hace años, se autodestruyen. No todos: no se olvida de hablar ni de comer, pero sí de personas, situaciones… Y, además, no crece dentro de ella aquello que es ser adulto. No es que olvide los recuerdos, es que tiene muy pocos fijados en su mente, y el resto, los nuevos, los olvida o los confunde.

»En pocos días te olvidará a ti también. Solo recuerda lo que ve muy a menudo, lo que la emociona sobremanera o lo que ya se le ha fijado a fuego en la mente. No sufre, ya te digo que para ella es normal. Un niño no se plantea jamás que es niño, y quizá eso es lo que lo hace único. A veces pienso que es una putada y otras que es una bendición.

»Nuestros padres murieron en un incendio cuando Patricia era pequeña. Ella no los recuerda, sus rostros se fueron de su cabeza. No tenemos fotos de ellos, todas se quemaron en el incendio.

»Por eso el álbum y las polaroids. Creo que piensa que si hace fotos a la gente que le cae bien y luego los pierde, no desaparecerán del todo. Las vocales la ayudan a recordar. Es como un juego, así le es más fácil recordar nombres. Y lo de los pies, no sé si te lo ha contado, creo que tiene que ver con cómo pisas el mundo. Le gusta saber qué parte de la persona pisa este mundo. No sabría explicarlo mejor.

Era increíble haber pronunciado todo aquel discurso. No me imaginaba capaz de contarle todo aquello a otra persona después de haber mentido tanto siempre. Me salió de golpe, y fue como si hubiera soltado un lastre; sentí un crujir dentro, como si algo de mi cuerpo se hubiera enderezado levemente después de tanto peso, un movimiento tectónico dentro de mí.

El canguro me miraba sin saber qué decir. Le pasaba lo mismo que me había pasado a mí en la piscina cuando la chica se abrió. Tardó en reaccionar. Después comenzó a preguntarme si seguro que no teníamos ninguna fotografía, si no habíamos conservado los DNI de mis padres, si no podía yo hacer un dibujo y él lo ilustraría. Esa idea no era mala, nunca se me había ocurrido. Él hablaba y hablaba, pero no se centraba en nada. No éramos tan diferentes: huíamos de cualquier emoción de verdad y nos centrábamos en lo pequeño, que era más manejable. Decidí facilitarle la huida:

—¿Quedamos mañana a la misma hora?

Asintió, y creo que agradeció mi puerta de escape. Se dispuso a marcharse tan rápido que casi se deja el ordenador.

—No te olvides el ordenador... —dije mientras echaba un vistazo a la pantalla—. Hoy has escrito cien páginas. No sé si debería pagarte o pagarme tú a mí por el alquiler del estudio para trabajar.

Volvió a mirar el ordenador como si fuera algo ajeno. Era un chico extraño por lo que se refería a sus cuentos.

—¿Mañana qué hay? —me preguntó sin dejar de mirar los cuentos que había escrito.

—Rock and roll.

No creo que escuchara la respuesta. Se fue. Me senté en el sofá, no deseaba ir a mi habitación. Entre dos cojines había una nariz roja de payaso, no sé qué hacía ahí. Me la puse, cogí el móvil y busqué «Adoro», la canción que me había vuelto a conectar con el mundo, y probé a dibujar aquellos rostros que había abandonado, que deseaba no recordar, aquellos padres con los que tenía tantas cuentas pendientes.

Intenté captar su energía y su imagen. Dibujé, pero no era mi fuerte, no sabía hacerlo. No se parecían, eran dibujos de niño. Además, no me venían sus rostros, como si yo también los hubiera olvidado. Es terrible olvidar con el tiempo las caricias, los abrazos y las caras de los que te cuidaron. Intentaba oír otro crujir dentro de mí, pero no hubo más. Necesitaba mucha más verdad para enderezarme.

Decenas de papeles fueron a parar a la piscina. Cuando veía que no lograba captar su rostro, hacía una bola con el papel y la lanzaba al agua con todas mis fuerzas. Eran como pequeños botes redondos que surcaban el agua. No lograba dar con ese detalle absurdo que define a cada persona, aquello que te conecta con el rostro que perdiste y que te permite reconstruirlo.

El mundo debería ser menos cruel y recordarte el roce de las pieles y el rostro de los que te han hecho bien. Si no, ¿de qué sirve vivir?

TERCER BAILE
ROCK AND ROLL

Hay una música que te conecta con la felicidad, que te lleva a dar pasos y que te hace luchar por ser diferente. Es ese instante en el que te desinhibes y sabes que ya no hay amarres. Normalmente lo bailas con alguien con quien ya tienes confianza y sientes que no importa que te vea sin ataduras.

«EL BARQUITO CHIQUITITO» (III)

Había una vez un barquito chiquitito,
había una vez un barquito chiquitito,
que no sabía, que no sabía, que no sabía navegar.

10

LA INERCIA TE HACE PERDER EL EQUILIBRIO

Aquella noche, después de descubrir lo que tenía Patricia y de escuchar aquel discurso tan lúcido de su hermano, el canguro estaba tocado por dentro. Leyó los dos cuentos que había escrito la hermana en el jardín delantero de la propia casa y alucinó. Eran todavía mejores que el anterior. El arte de Patricia lo asombraba, era como si cada palabra conectara con sus miedos y deseos. Pura maravilla.

Por un instante creyó que esos relatos podían ser suyos, que los escribía sonámbulo y los olvidaba, o eso ansiaba pensar, aunque supiera que la realidad era muy distinta.

Estaba con tal subidón que, después de releerlos un par de veces, fue al casino. No tenía más dinero que el que le habían adelantado por el cuento, pero cometió un error que ya era recurrente en su vida. Y es que hay un montón de gente en el casino que no juega, solo aguarda su momento de suerte para ganar sin tener que apostar, y ese instante aparece cuando alguien como el canguro no tiene dinero pero cree que tendrá suerte. Aunque casi nunca poseerá ninguna de las dos cosas.

Pidió el dinero a la persona equivocada, pero os puedo asegurar que todos los que prestaban dinero en aquel casino lo eran. Interés abusivo que debía devolver en menos de veinticuatro horas. El canguro sabía que si no salían sus números fetiche estaría perdido y tendría que robar o le romperían la cara, y esa vez no serían bofetadas de mentira.

La cosa empezó bien, pero hacia las dos y media de la mañana, cuando el crupier les avisó de que solo quedaban seis jugadas, todo se torció. A cada giro de la ruleta apostaba por más números, abandonando los que le habían traído ganancias, pero si no eres fiel a los que te han traído suerte estás acabado. La base para ganar en la ruleta es tener pocos números favoritos, un máximo de cinco entre treinta y seis. Si no lo cumples, estás muerto.

Cuando acabó la última jugada, lo había perdido todo. A la salida del casino lo esperaban dos amigos del prestamista que le soltaron un par de puñetazos para recordarle que aquel asunto no era broma: debía pagar antes de que acabase el día. Era innecesario, estaba en plazo, pero golpear para que no olvides lo que te puede pasar formaba parte del trabajo de aquellos dos chicos. Supuso que esa técnica les funcionaba.

Llegó a casa y se curó las heridas. No le desagradó ese rostro magullado; por fin el exterior comenzaba a parecerse al interior.

Estuvo a punto de abrir la carpeta de su padre, del mismo color que su nombre, pero no lo hizo. Faltaba solo un día y quería respetar su promesa. Las promesas se cumplen, como había dicho Patricia.

Decidió trabajar toda la noche ilustrando los dos increíbles cuentos que había creado la niña a la que cuidaba. Necesitaba el dinero y no quería dormir porque no deseaba perder el camino que por fin había encontrado en esos dos días. Estaba convencido de que dormir nos hace más dóciles y menos humanos. Sentía que todo iba a gran velocidad dentro de él. Ya no controlaba su vida, que llevaba tiempo sin rumbo, y eso le gustaba, porque iba hacia una deriva que le agradaba.

Por la tarde entregó todo el material a su jefe, que se quedó aún más alucinado, si aquello era posible. Consiguió que le encargara dos cuentos más, aunque su rostro magullado mostraba dónde iría a parar todo el dinero que le entregase. Lo que el jefe no sabía era que con lo que le adelantara no llegaría para pagar ni una mínima parte de lo que debía.

Por la tarde tuvo el bolo con Larguirucho. El maquillaje ayudó a ocultar los golpes y a no despertar preguntas incómodas entre los chavales. Su compañero de espectáculo no preguntó nada. Estaba acostumbrado a esos problemas puntuales, y sabía que hacía tiempo que sus consejos caían en saco roto.

El espectáculo les quedó mejor que nunca. Los niños no paraban de chillar de lo felices que estaban, todos excepto el del cumpleaños, que siempre sufre extra porque alguno de sus presuntos amigos invitados suele acabar haciéndole una pequeña putada. Pero, claro, cuando invitas a toda la clase, es posible que alguno sea un capullo. Luego, con los años, ya somos selectivos y solo invitamos a los que creemos que nos producirán placer, aunque puede que también nos equivoquemos. Quizá por eso de mayores ya no lo celebramos tanto y así nos ahorramos problemas.

Mientras el canguro entretenía a la manada de chavales y padres con globos con forma de animales, un divertimento perfecto para todos los públicos sin excepción, Larguirucho robó lo que vio que no necesitaban. En eso era implacable. Robaba en casi todos los trabajos que había tenido. Su época más prolífica fue cuando daba clases particulares de matemáticas a adolescentes. Era tan fácil. Escuchaba el sonido de la caja fuerte o veía el cajón donde guardaban el dinero cuando le pagaban al final del día y, en cuanto no prestaban atención, se añadía un sobresueldo. Nunca lo pillaron, y él lo entendió como un bonus, porque enseñar bien matemáticas a un niño al que le cuestan es impagable para su futuro.

El canguro contó el dinero que le dio Larguirucho. Con su parte del bolo y del robo y lo de los cuentos tampoco llegaba; todavía le faltaba bastante. Estaba en un verdadero apuro y ya había recibido dos llamadas de los secuaces del prestamista. Eran unos tipos muy didácticos que se adelantaban a los problemas. Le explicó su situación a Larguirucho. Este se guardó su opinión, pero le dio instrucciones para abrir la caja fuerte de la casa de los hermanos; el canguro no quería hacerlo, pero ambos sabían que era la única opción para no acabar con la cara rota. Se dio cuenta de que, justo cuando encuentras tu instante en la vida, el mundo te tensa la cuerda, como queriendo desequilibrarte, para que lo olvides y vuelvas a ser quien fuiste.

Llegó tarde a casa de los hermanos, aún vestido y maquillado de payaso y con el borsalino puesto porque no le había dado tiempo de cambiarse. El hermano estaba muy nervioso. No lo había visto nunca así, su educación había desaparecido y no quedaba ni rastro del tono sincero con el que le había hablado la noche anterior.

Los dos hermanos estaban sentados juntos en el sofá. Al canguro le hizo ilusión ver a Patricia despierta, no se lo esperaba.

Se sonrieron, pero poco más. El hermano seguía fuera de sí. La puntualidad era un logro que había ganado a base de ser muy aplicado. Fastidiar a un puntual es un gran delito porque puede parecer que él no lo es si se le hace llegar tarde, aunque sea por culpa de otros.

—¡Llegas tarde y por tu culpa llegaré yo tarde! ¿De qué vas vestido? —dijo mientras salía corriendo por la puerta sin esperar ninguna explicación.

Patricia lo miraba feliz y fascinada. Le encantaba que fuera vestido de payaso, pero esperó hasta que el hermano se marchó para mostrar su emoción. Estaba claro que no tenían una comunicación fluida.

—¡¡¡Uau, estás genial, Azul!!! —exclamó dando saltos, repleta de energía—. ¿Os habéis dado bien de tortas?

—Sí, unas cuantas.

—Os habéis pasado —dijo tocándole la mejilla, aún abultada por los golpes de los secuaces del prestamista.

El canguro se quedó en silencio y decidió hacer

frente a la situación. Deseaba ser sincero con ella respecto a lo que había pasado los dos días que la había cuidado. Sacó los cuentos editados con las ilustraciones que había ido creando.

—¿Escribiste tú estos cuentos? —preguntó el canguro mostrándoselos.

—Sí —respondió Patricia mirando con mimo las ilustraciones y sin observar el texto.

—Gracias. Están muy bien. A mi jefe le han encantado. Eres una artista.

—¿Qué es una artista? —inquirió Patricia.

—Mi padre decía que es alguien que sabe hacer lo que le gusta hacer.

—Entonces quizá sí que soy una artista —dijo ella orgullosa.

—Lo eres. Podrías dedicarte a esto, tienes un don. ¿Cuánto dinero quieres por los que ya hiciste?

Ella, extrañada ante esa pregunta, tardó en responder.

—Nada, lo hice para ayudarte; no creo que me gustara hacerlo siempre. ¿Tú por qué te dedicas a escribir cuentos?

—Me gusta. —El canguro decidió ser sincero, algo que no practicaba desde hacía mucho—. Me gustaba, antes me gustaba mucho.

—¿Ahora ya no? ¿Ya no eres un artista?

—Ahora lo hago más por el dinero.

—¿Y lo de ser payaso y darte tortas falsas en fiestas?

—Lo mismo.

—¿Y lo de ser canguro de niños y niñas?

—Lo mismo.

—¿Y por qué? —insistió Patricia.

—No lo sé. La vida te lleva a perder el interés por la vida. —Nadie le había preguntado cosas así aparte de su padre; nadie se había interesado mucho por él desde hacía muchos años—. Hay un momento en que la inercia te hace perder el equilibrio, no sé si me entiendes…

Patricia lo miró fijamente. El canguro sabía que era casi imposible que, sin haberlo vivido, alguien comprendiera un sentimiento sobre las pérdidas pasadas basadas en sueños rotos.

—No mucho, pero creo que tú tampoco te entiendes —respondió al fin la chica—. Cuéntame un cuento.

El canguro se quedó sorprendido, pero supuso que, después de que ella le hubiese regalado tantos cuentos y tan buenos, se lo debía.

—¿El de Black?

—No, uno bueno. Uno de cuando te gustaba contar cuentos.

—Ya no me gusta, ya te lo dije.

—Piensa. Haz un esfuerzo.

—No podría.

—Piensa fuerte —insistió Patricia.

Aquella chica jamás aceptaba un no por respuesta, tenías que acertar nombres con vocales, enseñarle a pegar tortas o contarle un cuento. Entrar en su bello mundo quisieras o no. El canguro reflexionó, pero no le salía nada nuevo, esa era la triste verdad. Había perdido su don. Además, debía ir al casino a devolver el dinero si no quería tener un gran problema. El dolor físico siempre da pánico, aunque no tenga comparación con el emocional.

—No puedo, Patricia. Tengo que ir a un sitio. Lo siento mucho, no tardaré, te lo prometo. En media hora he vuelto contigo, pero no se lo cuentes a tu hermano.

—¿Dónde vamos? —replicó ella sonriendo.

—Debo ir solo. Pero no tardaré.

—Yo quiero ir.

—No puede ser.

—¿Por qué?

—Tu hermano me mataría.

—Si me dejas sola te matará también.

El canguro rio. Tenía razón, aunque él comenzaba a dudar de que aquella chica realmente necesitara a alguien que la cuidase; parecía saber valerse muy bien sola.

—Te las sabes todas —replicó riendo—. Está bien, vamos. Pero tendrás que hacer todo lo que te diga. Si te digo que te quedes en un sitio, te quedas; si te digo que no me pierdas de vista, no me pierdes de vista. ¿Lo prometes?

—¿Te refieres a seguir órdenes? Es simple, sé hacerlo. ¿Hay que ir muy elegante o poco elegante? —preguntó rompiéndole los esquemas.

—Normal elegante —contestó el canguro.

—Perfecto, voy a cambiarme. Me pondré un abrigo normal-elegante; normal elegante es perfecto, tengo el abrigo perfecto. Iré rapidísima. Te traeré uno también para ti. Bueno, a ti te traeré uno un poco más elegante.

Se fue a buscar los abrigos. El canguro se cambió de ropa y comió un trozo de aquel queso absurdo que le dejaba preparado el hermano. Le pareció que era de cabra, pero no estaba seguro. Se quitó el maquillaje rápidamente e intentó abrir la caja fuerte. Los pasos que le había dado Larguirucho parecían fáciles si sabías de cajas. Pero él no tenía ni idea, giraba la rueda siguiendo unas indicaciones sin sentido para encontrar la combinación, pero no lograba abrirla.

Al lado de la caja fuerte, en el suelo, había un papel arrugado que parecía el retrato de dos personas. Pensó que quizá eran intentos del hermano de recuperar el rostro de sus padres. Lo guardó en el bolsillo. Sabía que, aunque era un mero esbozo, tenía un gran valor.

Siguió probando a abrir la caja fuerte hasta que Patricia llegó. El canguro se quedó sin habla cuando lo pilló con las manos en la masa. Ella llevaba en la mano un abrigo normal-elegante y otro normal-precioso, como había dicho que haría.

—¿Necesitas dinero? —preguntó, sorprendida.

—Un poco solo. Tu hermano me dijo que lo podía coger de ahí, es un adelanto. —Sintió que era la primera vez que mentir le dolía, algo que hacía años que no le pasaba.

—¿Seguro? No le gusta que nadie toque su caja.

—Sí, me dijo la combinación, pero la he olvidado.

—A mí nunca me la ha dicho, pero por el sonido cuando la abre la reconozco. Por los sonidos sé muchas cosas. Tú mueve la cosa redonda y te digo.

Ella cerró los ojos, el canguro movió la rueda y Patricia le dijo la combinación en un santiamén: 25, 32, 12, 6.

El canguro la probó sin convicción, pero pudo abrirla. Dentro había bastantes billetes porque el hermano cobraba muchas de sus tasaciones en efectivo. Se llevó justo lo que debía. Esperaba poder devolvérselo pronto, antes de que lo detectara, pero aquello suponía muchos cuentos, muchos bolos, muchos robos y muchos cuidados de niños, y tardaría mucho tiempo.

—Luego se lo devolveré.

—Tiene mucho, no lo notará. ¿Vamos? —preguntó ella feliz.

Dejaron aquel lugar de cuento juntos. El canguro supo al salir por la puerta que aquella decisión podía ser un gran acierto o una enorme equivocación. Pero estaba claro que ambos sentían que necesitaban aquel aire fresco y aquel exterior de noche para seguir progresando juntos.

Mientras ellos abandonaban la casa, el hermano llegó tarde por primera vez a la clase de baile, pero tuvo suerte porque la profesora se retrasó todavía más. Cuando apareció iba vestida de calle, muy elegante. Los miró y, como si fuera lo más normal, dijo:

—Hoy toca rock and roll. El rock and roll se ha de vivir fuera de aquí, en su ambiente. Este baile es un desenfreno. Si tenéis frenos no servirá, si estáis preocupados no servirá. Preocuparse es absurdo porque es ocuparse de algo que todavía no existe. Solo debéis ocuparos de bailar, y aquí, en este gimnasio, estamos rodeados de miedos y de complejos que se cuelan por todas las cristaleras. ¡¡¡Vamos a la discoteca, no tenemos todo el día!!! —dijo gritando a pleno pulmón.

Todos rieron cómplices. Sentían que era lo que tocaba. La pareja de baile del hermano lo miró. No habían vuelto a hablar desde la conversación en la piscina, así que la chica necesitó romper el hielo:

—Solo bailaré contigo si me cuentas algo. Ya has oído lo que ha dicho, hay que quitar frenos; si no, no podremos bailar. Si vas a huir en calzoncillos, no hace falta que vengas, chico lindo —le soltó la bailarina imitando la expresión del primer día de la profesora.

El hermano pensó que era broma, pero la mirada de la chica mostraba que no iba de farol. Lo adelantó y se fue con el resto del grupo hacia el minibús que la profesora había contratado.

El hermano dudó qué hacer. Aquello le rompía los esquemas. No deseaba abrirse porque, cuando atas bien lo que te duele, si alguien lo toca, el nudo que has creado se puede soltar y duele mucho más.

Temía qué hacer. Vio que todos se dirigían hacia el minibús. Él no deseaba eso, lo tenía todo controlado cuando empezó: cuatro bailes, cuatro horas por baile para cumplir aquello que necesitaba, y ya estaba bien. No se trataba de modificar sus reglas por nada ni por nadie.

Cuando has mentido tanto y a tantos, pensar en decir la verdad da pánico. Temía lo que aquella chica pensara de él, pero volver a casa con Patricia y seguir viviendo en ese olvido permanente que él y ella tan bien practicaban tampoco era una alternativa. Estaba agotado, no podía más. Uno puede agotarse del mundo de confort de mierda que ha creado para no ser atacado por recuerdos terribles.

Este mundo y este siglo te permiten no vivir, no comunicarte con nadie si no lo deseas. Puedes estar años en casa, obtenerlo todo del exterior y seguir informado sin tener lazos con nadie y sin que averigüen que estás muy perdido. Pero él estaba exhausto y ansiaba vivir esa noche de rock and roll desenfrenado junto a alguien que sentía que era capaz de desear de una manera incontrolable.

11

TE ESTÁN A PUNTO DE SALIR

Patricia y el canguro llegaron al casino. Ella amaba ir en moto, quizá porque nadie la llevaba desde que era pequeña. Se notaba que disfrutaba con el paisaje, la gente y la noche. El canguro se planteó si realmente Patricia estaba siempre en esa casa o podía salir. Estaba nervioso por haberlo permitido, sabía que quizá la estaba liando, pero ver su felicidad lo tranquilizó. Ella se apretaba fuerte a él. En una moto, nadie parece que tenga ningún tipo de problema o discapacidad. Todos parecen libres.

Cuando llegaron al casino, dudó qué hacer. No deseaba que ella entrase en su mundo más tóxico. Alguna vez había invitado a gente a observar el lugar donde él disfrutaba por la noche, pero casi nadie lo comprendía.

Amaba aquel film de la bahía de los Ángeles que transcurría en casinos y que los retrataba tan bien, pero todavía no había encontrado a su compañera de juego, como en la película, y no deseaba que ella lo fuese. Sabía que, cuando él jugaba, se transformaba y no era una compañía agradable. Además, su idea romántica del juego no era compartida por otros que apostaban, y el ambiente allí, a altas horas, podía ser peligroso.

—No tardo nada. Quédate aquí fuera junto a la moto. Le tengo que dar el dinero a un amigo y vuelvo. No tardaré ni cinco minutos —dijo el canguro.

—Quiero entrar. Me gusta este sitio, tiene pedigrí, pero tenía que haber cogido un abrigo muy elegante. Me has engañado —dijo observando con admiración aquel lugar con tantas luces.

—No tardaré nada. Me prometiste que me harías caso —insistió el canguro.

Ella aceptó, siempre cumplía sus promesas. El canguro la dejó al lado de la moto, pero enseguida se dio cuenta de que había mucha gente merodeando por la zona. Además, al verla tan sola, pensó en lo que le había dicho el hermano: ¿y si se olvidaba de él o de dónde estaba, si se perdía, si no sabía volver, si alguien se acercaba y se daba cuenta de que no estaba al cien por cien en cuanto a memoria y le hacía daño?

De repente, cuidarla en el exterior le proporcionó una idea global de los peligros reales, como pasa siempre que te importa una persona. «Ojalá yo le importara así a alguien», pensó.

Verla allí sola le hizo reflexionar sobre todo aquello, y se dio cuenta del error que podía cometer. De alguna manera comprendió al hermano a la perfección. No tenía sentido, la pondría en más peligro si la dejaba junto a la moto.

—¡Patricia, ven! —chilló.

Ella fue corriendo hacia él y cruzó la calle a toda velocidad. Faltó poco para que la atropellara un minibús al que no prestó mucha atención. Una mujer elegante que salió de él la abroncó.

La mujer iba muy bien vestida, y tras ella bajaron una docena de sus alumnos. Vestidos con su ropa de baile, se sentían como colegiales disfrutando de una salida inesperada. Tenían muy integrado el rol de alumnos. Deseaban volver a serlo porque la vida es más sencilla cuando tienes un buen maestro y una asignatura que amas. Lástima que haya tan poco de ambas cosas en la vida.

—Tenéis una hora para poneros al día en cuanto a los frenos, y a la hora siguiente nos reuniremos. Os enseñaré seis pasos de rock and roll y bailaremos con desenfreno. La primera hora es tan importante como la segunda. Entrad separados; no quiero que parezcáis un grupo de púberes que sale de excursión. ¡Disfrutad! —dijo la profesora sonriendo por primera vez.

La bailarina cogió de la mano al hermano y lo llevó corriendo hasta la puerta. Quería llegar cuanto antes para no perderse ni un minuto de esa primera hora. Él sonrió, no se lo esperaba, hacía tiempo que nadie lo hacía correr en plena calle. Todo comenzaba a resquebrajarse, y sintió ese temblor del que ella lo había hablado, el que aparece cuando no controlas y te dejas llevar por lo que te apetece.

El canguro y Patricia entraron en el casino segundos antes de que ellos llegaran a la puerta. No se vieron por muy poco. Al entrar, las parejas se dividieron: unos fueron hacia el casino y otros hacia esa discoteca creada para incentivar el juego y que colindaba por la parte trasera con la playa. Era un lugar hermoso ideado para que pasaras tiempo en el complejo. El canguro nunca había estado en esa zona del casino. No necesitaba la música ni la bebida para ir en busca del juego.

El canguro dejó a Patricia sentada delante de la mesa de su ruleta favorita, cerca de la zona de los prestamistas. Desde allí la podía ver. Ella se quedó alucinada mirando aquella ruleta tan hipnótica.

Él pagó en un santiamén lo que debía; devolver las deudas es rápido si no necesitas dar excusas. Le dieron cincuenta euros por si quería jugar un poco antes de irse; cortesía de la casa. Siempre saben cómo engancharte para que vuelvas a pedirles. A veces palo, otras caricia. Y muchas veces ambos, como en este caso. Lo aceptó porque, cuando se es jugador, siempre deseas una última buena mano que te aporte suerte, y nunca es buena idea negar nada a este tipo de personas, ni siquiera la caridad.

Cuando volvió a la mesa donde había dejado a Patricia, ella seguía fascinada mirando la ruleta, como si la tuviera hipnotizada. Muchos conocidos se agolpaban allí para apostar. Ella los miraba con curiosidad y extrañeza. Ellos no le prestaban atención. Cuando juegas, tienes un pálpito y no ves nada más que la mesa. El canguro intuía que ella estaba feliz en aquel lugar porque se sentía una más, integrada. Al menos eso era lo que él sentía la mayoría de las veces: valías lo que valía tu apuesta. Si ganabas, te admiraban, y si perdías no se fijaban demasiado en ti, a no ser que cometieras el error de llenar la mesa de fichas y llamases poderosamente la atención del resto.

—Ya está, solucionado. Probaré a jugar un poquito. Solo tengo cincuenta euros, serán tres minutos, ¿vale? —le dijo a Patricia.

—Vale, he pedido un zumo —respondió la chica, ajena a que aquello no era gratis.

—¿Has pedido un zumo?

—Y un mixto de jamón y queso. Son muy simpáticos en este lugar.

Enseguida te ofrecían comida y bebida. A veces solo para que disfrutaras, aunque casi siempre para romper tu racha. Las rachas se rompen siempre de esa manera tan sencilla, o al menos eso creen los jugadores empedernidos como el canguro.

—Entonces jugaremos treinta euros. Tendría que haberme pedido algo para acompañarte.

—Te he pedido lo mismo, y taquitos de queso, que sé que te gustan —respondió Patricia, ajena a los elevados precios de aquel lugar.

—Gracias. Pues jugamos una de veinte euros y nos marchamos —dijo riendo el canguro, al que le parecía muy divertida la forma que tenía Patricia de mirarlo todo e interaccionar con el entorno.

—¿De qué va este juego? —preguntó ella.

—Es sencillo. Hay que acertar el número en el que cae la bola dentro de la ruleta. Acertar es un arte —recalcó para no quitar dificultad y misterio a su adicción.

—El doce —dijo Patricia.

Y como por arte de magia salió el doce en la ruleta.

—¿Cómo lo has sabido? —dijo flipando el canguro.

—No es difícil. Escucho el sonido de la ruleta, quito el resto y ella me susurra dónde irá la bola. Es sencillo si prestas atención. No tiene mucha dificultad, es como lo de la caja fuerte.

—¿Y ahora qué saldrá? —preguntó el canguro.

—El cinco —dijo ella cuando la bola se puso nuevamente en movimiento.

Esperaron a que la bola se aposentara y apareció aquel número. El canguro no se lo podía creer. Jamás había visto nada igual y llevaba años yendo a aquel casino. Miró si alguien los estaba escuchando, vio que no y lo tuvo claro.

—Voy a conseguir un poco más de dinero. No te muevas. Apuesta estos cincuenta euros donde escuches lo que oyes. No tardo nada.

Se marchó corriendo. Allí estaba la solución a todos sus problemas, los pasados y los futuros. Podría devolver todo el dinero que había robado al hermano y las deudas futuras que seguro que tendría.

Ella escuchó la ruleta, no tuvo dudas y apostó al diecinueve. La ruleta dio vueltas y salió el diecinueve. Cogió todas las fichas que le dieron y se fue a buscar al canguro, pero no lo encontró. De repente, todos aquellos ruidos que controlaba se agolparon a la vez. Todo la abrumaba, como le pasaba a veces, se sentía perdida y sin rumbo. Los sonidos la pusieron nerviosa y decidió marcharse de aquel lugar a toda prisa. Había olvidado hasta qué hacía allí; solo sabía que debía huir.

A los pocos minutos volvió el canguro. Traía bastante más dinero que la última vez, y a un interés más elevado. No le importaba, lograría devolverlo todo. Buscó a Patricia, pero no la vio ni en esa mesa ni en las colindantes. Comenzó a ponerse nervioso. El casino tenía mucha afluencia a aquella hora, sobre todo por la gente que había ido a bailar a la discoteca, y con una sola mirada rápida no podías distinguir a nadie.

Comenzó a gritar su nombre, a preguntar al crupier y a conocidos, pero nadie la había visto. Era como si nunca hubiera existido, como si todo hubiera estado en la cabeza del canguro.

Tenía aquella cantidad de dinero que acababa de pedir prestado y que le traería más problemas y había perdido a la chica a la que cuidaba y que se lo podía solucionar todo.

Se subió a la mesa de una ruleta en la que nadie jugaba, pero no la vio por ningún lado. No duró mucho; dos vigilantes lo bajaron al instante. Intentó explicarles sus razones, pero no lo escucharon; los problemas ajenos al juego no les importaban.

La bailarina vio a aquel chaval subido a una mesa del casino, colindante con la discoteca, pero no se le ocurrió comentárselo al hermano, que seguía sin lanzarse. Estaba sentado bebiendo una copa, todavía buscando una parte de su vida que pudiera ofrecerle a la chica sin salir muy magullado.

Ella miraba la discoteca; algunas parejas del curso ya se habían lanzado a bailar. Sonaban temas clásicos de rock and roll. Había una extraña tensión entre ambos que ella decidió romper. Desde que se redescubrió, estaba harta de esperar. Aquello era lo que había acabado con su relación y le había provocado tantos problemas.

Había aceptado durante demasiado tiempo tener un rol secundario en su propia vida, y no había obtenido más que migajas. Ya no deseaba nada de eso. No sabía si llegaría a algo con aquel chaval tan bello que siempre olía bien, pero tenía claro que, si volvía a aceptar ser únicamente una comparsa, tropezaría de nuevo con la misma piedra, y esta ya estaba afilada y quizá le reventara el pie y hasta acabaría con su vida.

—Lánzate, solo eso, lánzate —le dijo mirándole a los ojos—. No te pido que lo hagas como yo el otro día en la piscina, pero lánzate un poco para que podamos bailar. Suelta el freno para que podamos desenfrenarnos.

—Se me da mejor escuchar. Si quieres contarme algo más sobre tu pareja —dijo el hermano intentando, como siempre, controlar la situación.

—No era mi pareja. Yo era la amante en aquella

relación que te conté. Solo la amante. La pareja todavía está con él.

El hermano no esperaba aquello. Ya había situado el dolor y las culpas de la relación, igual que hacemos cuando alguien nos cuenta algo, no prestamos atención a los detalles y proyectamos nuestros errores o experiencias.

—No lo hubieras dicho, ¿verdad? La gracia de abrirse es que a veces te sorprende lo que te cuentan —continuó la bailarina, cogiendo cada vez más peso y energía—. Yo era la amante, su pareja descubrió lo nuestro y él decidió sacrificarme. Le dijo que yo le había confundido, que en realidad no sentía nada por mí.

»En un solo día dejé de existir y pasé a ser la mala, a la que nadie amaba, por la que nadie sentía nada. No te puedes imaginar lo doloroso que es desaparecer de la mente y la emoción de una persona a la que has amado.

»Me convertí en absolutamente nada. Y no tenía a nadie a quien poder decirle lo que sentía porque no me dejaron contar nada ni dar mi versión. Era la apestada, la que se había metido en medio de una relación de amor, aunque la verdad era que esa pareja ya estaba destrozada; yo solo fui una más, como descubrí más tarde.

»Me sentí tan traicionada. No me quedaba ni el amor ni el amante ni, peor aún, la verdad —dijo sacando todo lo que tenía dentro y que había guardado durante mucho tiempo.

—Lo siento —dijo el hermano.

—No pasa nada. Estoy de salida ya. Toqué fondo, y cuando tocas fondo, lo notas. Del pozo solo puedes salir tú; nadie te puede ayudar. Tú construiste aquella cárcel, tú la diseñaste, y tienes que escapar de ahí sola.

»Nadie me ayudó porque nadie podía ayudarme, y si te digo esto es porque tampoco yo te ayudaré. Si quieres contarme algo, te servirá, te ayudará, porque harás que explote en el exterior y no te destruirá internamente.

El hermano sabía que le estaba pidiendo que se abriese, pero se sentía vacío y había perdido esa habilidad. Lo intentó, aunque no sabía si lo lograría. Cuando llevas tanto tiempo haciendo malabarismos emocionales, no deseas parar porque todo lo que has construido para salvarte puede desmoronarse y hacerte añicos.

—Mi vida es complicada —comenzó a explicar el hermano—. Tuve que crecer rápido y tomar responsabilidades que no van conmigo. No es fácil sacar lo que tengo dentro o lo que he pasado. Lo que más me define es difícil de expresar, siempre me faltan palabras; consonantes, para ser exacto.

Se la quedó mirando. Supo que no podía contárselo. No era fácil, pero podía hacer algo que deseaba desde hacía tiempo y que seguramente definía su mundo.

—¿Cuántas vocales tiene tu nombre?

—¿Cómo? —preguntó la bailarina.

—¿Cuántas vocales tiene tu nombre?

—Dos, una a y una o.

El hermano pensó. Estuvo un tiempo mirándola, siendo de alguna manera su hermana, convirtiéndose en aquella persona que condicionaba su vida. Deseaba ser tan bueno como ella en aquel juego que tantas veces había escuchado.

—¿Y alguna vez tuviste una i y otra a y las perdiste? —preguntó.

Ella rio fascinada de que él hubiera acertado.

—Sí. Nací con dos aes, una o y una i, pero al crecer perdí la mitad de las vocales.

—Carol. Antes conocida como Carolina, ¿no? —preguntó el hermano con una sonrisa.

—Sí. Aunque me gustaría volver a ser Carolina. Creo que define la mejor época de mi vida.

—Puedes serlo. A mí me gustan dos aes, una i y una o. —Luego le miró los pies—. ¿Calzas un cuarenta y uno, como yo? Mi hermana diría que eso es bueno porque pisamos igual el mundo, con la misma intensidad, y significa que podemos tener mucha afinidad porque todo nos afecta de forma parecida.

Ella sonrió y le dio un beso. Le gustó ese bello

juego, quizá lo primero que hacía a Javier totalmente humano.

—No es mucho, chico lindo, pero supongo que es lo máximo que ha obtenido un ser humano de ti en bastante tiempo. Si un día te cansas de anclarte a todo y quieres abrirte más, será un honor desanclarte y enseñarte a crujir. Bailemos ya. ¡Desenfreno y rock and roll!

Se levantaron. Él le devolvió el beso y comenzaron a bailar y a besarse al ritmo del rock and roll que sonaba, una canción de Elvis que ambos conocían pero no recordaban cómo se llamaba, como ocurre con casi todas las obras maestras del Rey.

Justo en ese instante pasó por detrás de ellos el canguro, que buscaba a Patricia cada vez más nervioso. Como por el casino no la veía, había entrado a buscarla en la discoteca. Continuaba preguntando a gente. Estaba asustado; pasaba el tiempo, y sabía que aquello no era buena señal. Estaba muy nervioso.

Cogió el teléfono con intención de llamar al hermano, pues pensó que quizá ella ya lo había hecho. Pero entonces la vio. Allí al fondo, en la orilla, en la pequeña playa que comunicaba con la discoteca, había una chica con un abrigo normal-elegante mirando el mar. El canguro saltó el murete que separaba la disco de la playa y corrió hacia Patricia lo más rápido que pudo. Dejó atrás aquella canción de Elvis que bailaban muchas parejas y de la que nunca recordaba el nombre.

Se puso al lado de ella. Se la veía tranquila. Jugueteaba con las numerosas fichas que había ganado y que sostenía en las manos. No parecía estar nerviosa ni tener miedo, miraba el infinito como si nada hubiera pasado y nadie la estuviera buscando. Se había calmado al salir del casino.

—Me has dado un susto terrible. ¿Por qué te has ido del casino? —preguntó el canguro.

—Oí el mar. Hacía mucho que no estaba tan cerca de él. Creo que me llamó, y además en ese lugar hay muchos ruidos extraños, no me agrada. Gané esto. —Le tendió las fichas y el canguro se dio cuenta de que, con aquello, podía devolver todo lo que había pedido más los intereses y aún le sobraría—. No tenías que preocuparte por nada, mis abrigos siempre nos protegen. ¿No lo notas en tu cuerpo? —le preguntó.

Él se ajustó bien el abrigo que ella le había dejado; era realmente cómodo.

—Sí, uno se siente seguro con este abrigo —admitió él.

—No te he dejado el abrigo solo para que te sientas más seguro, sino también para que te sientas con más energía para explicarme el cuento. Los abrigos son de mis padres, los tenían en la tintorería. Javier los encontró días después de que ellos se fueran y los rellené con las cartas de amor que se escribieron cuando se conocieron y que se salvaron del fuego porque estaban en una caja metálica.

Troceé las cartas para que nadie las leyera. Nadie tiene derecho a husmear en el amor ajeno, y las puse dentro de los abrigos para convertirlos en mágicos.

»Dentro de ellos está la energía de los deseos del amor y de la vida. Y los deseos son todo lo que mueve este mundo. Desear algo con fuerza es la base de la vida. Desear lo es todo, y te ayudará a contar los cuentos. Si no deseas, estás acabado.

El canguro se quedó sin palabras al escuchar eso. No imaginaba que aquella chica pudiera hacer una disertación tan acertada, aunque todo lo que contaba sonase a juego, a historia fantástica de niños. Pero había funcionado. Automáticamente, se sintió más seguro y hasta notó el crujir de aquellas cartas de amor destrozadas contra su piel.

Por respeto a ella, intentó buscar un cuento dentro de sí, pero no pudo. No se le ocurría ninguna historia buena, aunque llevara puesto ese abrigo tan poderoso.

—No puedo, de verdad. Ya te he dicho que hace tiempo que no logro dar con cuentos buenos.

—¿Has olvidado cómo se hace? —le preguntó Patricia.

—Supongo que se podría decir que sí.

—¿Te ayudo?

—Claro, ayúdame. —Le gustó la idea de que ella le echase una mano.

—Dime un olor de tu infancia que te guste —le pidió Patricia.

—¿Un olor? Eso me recuerda al cuento que escribiste el primer día.

—Ya sé a lo que te recuerda. Pero dime un olor, el que mejor recuerdo te traiga.

—Es difícil, me vienen muchos olores a la mente.

—Dime alguno.

—A ver. El olor de la bolsa caliente que mi padre me ponía por la noche en la cama cuando íbamos a una casa cerca de un faro. Ese olor se mezcla con el de las sábanas y el del pijama.

—Sigue…

—El olor de la pinaza de los árboles cuando se quema. Ese olor me recuerda al invierno, cuando volvía de jugar al fútbol, se mezcla con mi chándal sudado y el olor del cuero de la pelota de fútbol que llevaba en la mano.

—Busca otro.

El canguro se concentró más y hasta llegó a sentir ese olor dentro de sí mismo.

—El olor del verano, ese me encantaba. ¿Sabes cuando en verano te despiertas muy muy temprano y nada más levantarte notas el olor del verano, sabes que hace un sol increíble y que pasarás un día maravilloso nadando y jugando? Pero lo mejor es que te levantas fresco. ¿Sabes a qué me refiero?

—Haz un cuento de eso que acabas de sentir —le pidió Patricia como si ese fuera el olor perfecto.

—¿Un cuento sobre ese olor?

—Un cuento de verano sobre ese olor. Aprovecha la fuerza de los deseos. Que sea un cuento, pero que también sea tu verdad.

El canguro dudó. Se colocó bien el abrigo. Amaba estar en la playa, cerca del mar, que era donde se sentía más a gusto, y le recordaba a su primera infancia junto a su padre. Comenzó a contar un cuento que hacía tiempo que no tenía en mente relatar, pero que residía en su interior. Sabía que mezclaría partes de cuento y partes reales, pero por fin se notaba con fuerza para hacerlo.

—Hay una historia. Es real. Pasó cuando tenía nueve años, en verano. Era un verano de aquellos que los sientes al levantarte, que te notas fresquito y sabes que pasarás un día increíble.

»Aquel verano mi padre y yo íbamos siempre a la piscina que tenía forma de volcán. Era tan circular y honda. Una tarde le confesé mi gran sueño. ¿Sabes el gran sueño que todos tenemos? Pues ese sueño le confesé. Soñaba con volar, con tener alas y volar. Siempre estaba en mi mente.

»Mi padre era un hombre maravilloso, un domador de volcanes, como me dijo una vez, que nunca juzgaba mis deseos, y le pareció una idea bella. Me dijo que si quería tener alas las tendría, y que seguramente él también. Nunca me coartó ningún sueño, todos los potenció. Si creíamos en los sueños, ellos se crearían.

»Y cada día de ese verano caluroso, de ese verano de frescos despertares, lo primero que hacíamos mi padre y yo era ir a aquella piscina, nos quitábamos las camisetas y mirábamos nuestras espaldas reflejadas en el agua, esperando que nos hubieran crecido alas.

»No había suerte, pero aquello no conseguía desilusionarnos. Sabíamos que tarde o temprano las alas aparecerían.

»Fue un verano genial siguiendo esa rutina maravillosa en busca de nuestras alas. Fue el mejor verano de mi vida junto a mi padre.

»Y el último día de aquel verano, cuando el calor empezaba a desaparecer, fui a despertar a mi padre y vi que estaba dormido. Jamás lo había visto tan inmóvil, era un hombre tan inquieto. Tenía casi noventa y cinco años, pero parecía que no llegara a los cincuenta. Yo amaba tanto su energía que siempre daba cuerda a la mía. Y aquel día perdí mi rumbo, aquel día supe que me quedaba solo. Estaba muerto en su cama, inmóvil.

El canguro comenzó a llorar todo lo que se había guardado desde niño. Patricia lo miraba, lo escuchaba con atención. Él no podía seguir contando el cuento porque el pasado lo había atrapado otra vez. Se quedaron en silencio largo rato, hasta que Patricia se acercó a él.

—¿Cómo sigue la historia, Azul? El final debe ser esperanzador, como en todos los cuentos.

Él la miró con los ojos llenos de lágrimas. No era un cuento, era su vida. Era como si ella no lo comprendiera.

—No lo sé. No tiene final feliz ni esperanzador.

Ella seguía observándolo; le secó las lágrimas. Se las miró fijamente, como esperando ver el final en ellas.

—¿Te ayudo a acabarlo?

Él asintió con la cabeza. Hacía tiempo que nadie lo ayudaba.

Ella cerró los ojos y pensó, hasta que lo tuvo claro y dijo:

—Aquel niño pequeñito vio a su padre inmóvil

y se dio cuenta de que ya no estaba allí, de que su papá había conseguido esas alas que tanto ansiaban, y que le habían permitido volar. Y muchas veces, cuando ese niño mira una piscina, un océano o las gotas de lluvia reflejadas en un ventanal después de una tormenta descomunal, le parece ver reflejado a su papá, a su papá, con sus alas, que lo mima y lo protege. Que lo mima y lo protege.

El canguro dejó de llorar y se quedó en silencio mirando el mar que tenía delante y sintiendo lo mismo que ella acababa de decir, presintiendo a su padre y sus alas reflejadas en esa inmensidad. Era un bello final que él nunca pensó para su triste dolor pero que daba sentido a todo. Patricia se acercó a él, lo abrazó, le tocó lentamente la espalda, con suavidad y mucho cariño.

—A ti también están a punto de salirte las alas, falta poco, muy poco —le susurró la chica.

—Lo añoro mucho mucho —dijo llorando el canguro, que se dejó ir y sacó todo lo que tenía acumulado y que nunca había permitido que aflorase.

Patricia lo abrazó fuerte. El canguro lloró, y en sus lágrimas volvió a ver reflejado a su padre. Ella miró aquel trocito de cielo que los cobijaba. Le encantó. Si hubiese llevado la Polaroid habría hecho una foto, porque no deseaba olvidar los lugares que se convertían en suyos. Aquel trocito de cielo sería de su canguro y de ella para el resto de la vida.

A pocos metros de allí, si hubieran vuelto la cabeza, habrían visto bailar al hermano y a la bailarina un rock and roll desenfrenado, ese «Twist and shout» de los Beatles con el que no puedes dejar de sacudir el cuerpo y cantar a pleno pulmón. Todas las parejas se habían vuelto locas. La profesora los miraba con la satisfacción de haber hecho bien su trabajo. Le entusiasmaban más las relaciones humanas que se forjaban durante el curso que la técnica de baile que aprendiesen.

El hermano estaba muy borracho, ella también, y bailaban alocados sin ningún tipo de freno y atadura. El rock and roll, en su versión twist, se había apoderado de su energía.

El canguro decidió llevar a Patricia a casa. Sintió que ya no era su niña, esa hermana pequeña a la que cuidaba, sino una mujer adulta que, por alguna razón, alguien había atrapado en un bucle, pero que tenía la llave para salvar a los adultos que habían perdido su rumbo. En ese momento era él quien se sentía su hermano pequeño, y eso era muy placentero.

Cuando llegaron a la casa de cuento encima de aquella montaña con ribetes azulados, soplaba una ligera brisa que traía una temperatura muy agradable que parecía nacer en las tripas de aquel lugar y del propio cuento que acababa de relatar.

Ella estaba casi dormida. La llevó en brazos hasta la habitación, la dejó en la cama y la tapó con las mantas de manera muy pausada, disfrutando de ese instante mágico.

La habitación estaba rodeada de peluches muy bellos. Todos parecían observar ese instante en el que el canguro por fin entraba en su hogar. Se dio cuenta de que aquellos peluches estaban hechos a mano: llevaban vocales cosidas en el suéter y tenían pies de diferentes medidas. Encontró el suyo. Patricia no solo les hacía fotos a las personas que le agradaban, sino que luego intentaba replicarlas en muñecos hermosos para que la acompañasen en sus sueños, imaginó el canguro, para nunca perderlos ni olvidarlos.

El canguro estaba a punto de marcharse cuando ella se despertó y le pidió que se tumbara a su lado en la cama. El canguro dudó, pero lo acabó haciendo, como había hecho cientos de veces con otros niños a los que cuidaba. Aunque esa vez sabía que podía pasar de todo. Ninguno de los dos controlaba, ambos eran adultos y se deseaban. Les había unido ese cuento y esa verdad, pero él sabía que era su canguro, y eso pesaba mucho, porque has de cuidar a tus niños, es tu labor.

Se quedó allí un par de horas, hasta que vio que ella se había dormido; entonces le dio un beso en la frente y se fue a su lugar de trabajo en el salón. Ella sonrió mientras se quedaba totalmente dormida. Todos los peluches la observaron felices.

Justo cuando llegó al salón, entró el hermano. Estaba borrachísimo. No paraba de cantar una canción a ritmo de rock and roll, la de «Gran bola de fuego». El canguro lo miró divertido; nunca lo había visto tan desinhibido.

El hermano cogió un paraguas, se subió al sofá e hizo un solo de guitarra eléctrica imaginario. Cuando acabó, se dirigió a un público invisible que creía que le aplaudía. Estaba desatado.

—¡¡¡Gracias por confiar en mí y en mi puta música!!! ¡¡¡Os quiero!!! —gritó sin pensar en su hermana.

—Bueno, ya estás aquí, así que me voy —dijo el canguro.

Nunca le habían agradado los borrachos, quizá porque su segundo padre había sido uno de ellos y él había pagado muchas de sus resacas en su propia piel.

—Me he gastado tu pasta en bebida, estoy pelado.

—No pasa nada, me pagaste por adelantado.

—Es verdad, ¡vaya cabrón! En lugar de un canguro eres una sanguijuela. Al menos hoy estás despierto, una novedad que se agradece.

El canguro decidió marcharse. Tenía que devolver aquel segundo préstamo no utilizado y no deseaba perder la energía lograda por culpa de un borracho.

—No te vayas, por favor —dijo el hermano—. No quiero quedarme solo. ¿Una copa? ¿La última?

El canguro dudó en qué hacer, pero deseaba saber adónde iría toda aquella conversación, y comprendía la soledad de la que huía el hermano.

—Bueno, pero solo una.

El hermano sirvió dos copas. Bebieron juntos por primera vez. No brindaron.

—¿Es divertido ser canguro? —le preguntó el hermano.

—No mucho.

—¿Te viene de vocación familiar? ¿Tu padre era un canguro? ¿O era un burro? —dijo riendo.

—Gracias por la copa. Creo que será mejor que te quedes solo. La tienes que dormir.

El canguro se levantó para marcharse, pero el hermano tenía claro que lo iba a contar todo. Deseaba desanclarse, lo que no había podido hacer con ella.

—¿No quieres saber nuestro secreto? Todo el mundo quiere saberlo. Hoy me lo ha pedido la chica con la que bailo, y al final no he podido contarle nada, ni siquiera por qué hago este curso de baile, y ahí está la clave de todo.

—¿Y por qué me lo contarías a mí?

—Porque no me importas. No está mal empezar con alguien que te importa una puta mierda. El día que llegaste me pareciste un imbécil engreído —puntualizó el hermano.

Al canguro le gustó esa sinceridad que seguramente nacía de su borrachera; se sentó y espero a que el hermano comenzara. Sabía que tardaría en llegar al asunto. Los borrachos siempre dan muchas vueltas, el alcohol es muy distraído. El hermano se tomó su tiempo para empezar a hablar, pero por fin comenzó y su tono cambió levemente, aunque la borrachera persistía.

—Mi padre era bailarín, un bailarín de los mejores; se dedicaba a eso, bailaba a nivel profesional. Se labró toda su fortuna con sus pies. Lo bailaba todo, y todo bien.

»Mi madre bailaba mejor que mi padre, pero cuando bailaban juntos parecían dos patos. No congeniaban, lo hacían fatal, así que casi nunca bailaban juntos —continuó el hermano con una fuerza increíble, chillando todos los verbos debido al alcohol.

»Mi padre decía que era porque a mi madre la amaba, y no se puede bailar bien con una persona a la que amas porque, si la miras a los ojos, te distraes. Si sientes su olor, te distraes. Y si la tienes cerca, tan cerca, ¿cómo vas a bailar bien? Lo único que puedes hacer es mirarla y sentirte el hombre más afortunado del universo. Y mi madre decía exactamente lo mismo y con las mismas palabras. Daban una envidia. ¿Tú sabes bailar, canguro?

—No se me da mal.

—Eso está bien. Nietzsche decía que nunca creería en un Dios que no supiera bailar. Mañana toca vals.

—Estará bien, ¿no?

—Nunca he bailado un vals con nadie. Mis padres decían que el vals era un baile mandamiento. Bailarlo sin sentirlo es un pecado mortal.

Se quedaron de nuevo en silencio. Un silencio muy largo, un silencio de antes de una confesión o del fin de una borrachera. El hermano se iba derrumbando poco a poco. El alcohol se quema rápido cuando hablas con pasión. De repente nacieron las lágrimas que llevaban tiempo ocultas.

—Yo estaba jugando con cerillas —comenzó a decir mientras se derrumbaba y lloraba con voz rota—. No fue premeditado, fue sin querer. Jugaba con cerillas, encendí dos aviones de papel por la punta para simular una batalla. Soñaba con ser piloto y, de golpe, uno se descontroló y provocó un fuego enorme en toda la casa.

»Todo el mundo dijo que fue un accidente. Todos pensaron que fue ella, un descuido de mi hermana jugando con cerillas y avioncitos. Nunca los he sacado del error, nunca lo he negado. Para todos, ella es la especial, cuando el especial soy yo. Yo soy el niño patoso al que se le ocurrió jugar con fuego una noche cuando todos dormían. ¿Sabes?, no sé por qué, pero creía que si hacía ese curso con sus bailes favoritos los recuperaría. Era como pedirles perdón, pero no ha servido. Me sigo sintiendo un niño con miedo que lo jodió todo. Absolutamente todo.

El hermano se hundió en lloros. El canguro no se acercó a él, no lo juzgó. Él mismo había sentido algo parecido hacía unas horas. Cuando al final el hermano se calmó, el canguro supo lo que quería decir. No sentía miedo porque había tenido una gran maestra.

—Quizá no era mala idea aprender a bailar. Ahora te iría bien bailar con tu hermana y abrirte con alguien que se lo merezca más que yo —dijo el canguro mientras se quitaba el abrigo y se lo ponía en los hombros a Javier.

El hermano lo aceptó. Sabía a quién pertenecía aquel abrigo. El canguro no se despidió, solo se fue y, mientras se marchaba, miró al hermano, que estaba inmóvil y tardó en reaccionar. Con el último fuego del alcohol, se dirigió a la habitación de Patricia.

Estaba despierta, sentada en el suelo. Lo había oído todo. Le esperaba. Llevaba puesto el abrigo de la madre. Él entró y se sentó junto a ella en el suelo. Se miraron. Todos los peluches los observaban como esperando ver por fin ese instante irrepetible que tanto ansiaban.

—Hola.

—Hola.

Se produjo un silencio entre los dos, como si hiciera años que no se hablaran de verdad, pero en ese momento lo necesitaban.

—Esta noche he pensado en un nuevo juego —dijo Patricia—. ¿Quieres jugar?

—Sí, claro.

—Se trata de hacer con gestos lo contrario de lo que dices.

—¿Cómo?

—La papelera está muy cerca —dijo ella haciendo gestos como si estuviera muy lejos.

—Vale. A ver. Estoy muy despierto —respondió el hermano poniendo cara de dormido.

—¿Has bebido? —preguntó ella haciendo el gesto de comer.

—Mucho —replicó el hermano gesticulando «poco» con las manos.

Ambos se rieron. Era un juego tonto: mentías con los gestos lo que decías con la boca, pero funcionaba.

—Te odio —dijo ella dándole un beso en la mejilla.

—Te odio —repitió el hermano dándole otro.

Supo que era el momento. Ella le había dado la herramienta para hacerlo, o eso pensó.

—Fue solo un accidente, un accidente con avioncito —dijo confesando el secreto maldito mientras negaba con la cabeza sin poder parar de llorar y haciendo con las manos el gesto de un barquito chiquitito.

—No lo fue —replicó la hermana haciendo el gesto contrario, afirmando con la cabeza.

—Lo fue —negó el hermano siguiéndole el juego.

—No lo fue.

—Lo fue.

—No lo fue.

—Lo fue.

Se abrazaron. Se dijeron por fin lo que ambos sabían pero ocultaban aunque su cuerpo indicase lo contrario. De alguna manera, ninguno podía decirlo del todo porque les dolía demasiado, y aquel juego les permitió afirmarlo y negarlo. Ambos lloraron y se abrazaron sin poder despegarse, como si bailaran juntos en ese suelo. Todos los peluches con vocales y pies diferentes parecieron mudar su rostro. Por fin estaban relajados.

—Me estoy riendo mucho —dijo el hermano sin poder parar de llorar.

—Yo también —replicó la hermana llorando a su vez—. ¿Que habéis bailado hoy?

—Rock and roll.

—¿Ha estado bien?

—Bueno, ha tenido su gracia y el sitio estaba muy bien. Un día te llevaré. Además, estoy bailando con una chica muy valiente que, en lugar de hundirse, supo salvarse. Te gustaría: dos aes, una i y una o.

—Carolina, me gusta. ¿Me enseñas a bailarlo?

—¿El rock and roll? No sé si sabré enseñar.

—Si te han enseñado bien, sabrás enseñar.

El hermano comenzó a tararear el rock and roll y le enseñó los pasos. Bailaron con buen ritmo. Ella le cogió el truco enseguida.

—¿Me cantas?

—¿Lo de mamá?

—Sí.

Entonces el hermano comenzó a cantar una versión rock and roll de «El barquito chiquitito», la canción infantil que ambos sabían que tenía tanto que ver con sus miedos. Sintieron por fin la conexión entre ellos y sonrieron felices.

Bailaron y bailaron sin fin ese tema, cantándolo a capela. Ninguno de los dos quería separarse del otro. No importaba la hora; se sintieron libres. Javier notó un crujir importante, como si por fin se hubiese enderezado.

CUARTO BAILE
VALS

Para bailar el vals necesitas tener una compenetración total con tu pareja, conocerte, amarte y sentirte. Es la última etapa de cualquier relación. Te conociste con el tango, sufriste con el bolero, te reconciliaste y te divertiste con el rock and roll y te sentiste único con el vals.

Pocos llegan al vals, y aún son menos los que lo saben bailar como toca.

«EL BARQUITO CHIQUITITO» (IV)

Pasaron un, dos, tres, cuatro, cinco, seis semanas,
pasaron un, dos, tres, cuatro, cinco, seis semanas,
y aquel barquito, aquel barquito, aquel barquito NAVEGÓ.

12

NADA EXISTIRÁ HASTA QUE NO TE LO CUENTE

Sentí que por fin estaba en paz. Había dormido toda la noche de un tirón, y eso era algo que no me pasaba desde que tenía nueve años. No hay duda de que la felicidad es dormir sin miedo y despertar sin angustia. Y me sentía así. Ya nada me preocupaba, había llegado a un equilibrio en mi vida. Solo deseaba volver a aquella casa y ver a mi niña por última vez.

Era mi cumpleaños, veintitrés años, y por fin conocería mi pasado abriendo aquella carpeta que siempre me acompañaba. No podía esperar, pero primero deseaba despedirme de la niña que había logrado que hiciera las paces con mi padre y comprender que sus alas me seguían protegiendo aunque yo lo hubiera olvidado durante tanto tiempo. Sin yo saberlo, él estaba reflejado en cada lágrima que había vertido en mi vida, velando por mí.

Ya no servía huir y seguir sin pasiones, sentía que debía elegir. Tenía claro que debía volver a vivir para relatar muchas más historias, poner en práctica todo lo que mi padre había depositado en mí y que, en lugar de usarlo, había infrautilizado y olvidado. Debía usar todas las herramientas que me había dado en aquellos primeros nueve años y cuyo potencial había olvidado. ¿Es posible que tu mayor inspiración sea la persona que perdiste y que, al desear olvidarla para no sufrir con su recuerdo, destruyas tu talento? No tenía duda de que en mi caso era así.

Llegué a la casa de cuento casi sin darme cuenta. Ya no conducía yo, era como si todo me dirigiese hacia allí. No sé por qué, pero decidí tocar el timbre de la entrada y funcionaba. Era como si, para que sonase, exigiera unos dedos sin temblores ni miedos.

El hermano abrió al instante. No iba elegante ni olía a colonia. Por primera vez daba la sensación de que no tenía prisa. Me miró extrañado, como si se hubiese olvidado de mí. Él también había pasado por mucho esa noche; se notaba en esos ojos verdes que ahora rebosaban brillo y verdad.

—Carlos, hoy no hacía falta que vinieras. No

voy al baile —dijo pronunciando por primera vez mi nombre. Estuve a punto de decirle que ya no me llamaba así, que solo respondería a Azul, pero no quería tener que hablarle de todo aquello porque a veces dar explicaciones te lleva a dudar de tus decisiones.

—¿No tienes vals?

—Sí, pero no iré. Siento las molestias.

Me dio un sobre, pero el dinero ya no era mi lenguaje, no me interesaba. Cuando no te compran, eres libre de pensamiento y de acción.

—Has de ir al baile. Se lo debes —afirmé convencido.

—¿A quién? —replicó sorprendido.

—A tus padres, a tu niño pequeño, a Patricia y, sobre todo, a la chica con la que has bailado estos días. No se abandona a una pareja de baile.

—No le debo nada a nadie.

—Le debes un baile en condiciones siendo tú, no deseando ser nadie más. Le debes un vals. Lo sabes. Y debes sentirlo porque es un baile mandamiento. Recuerda lo que decían tus padres.

Parecía que iba a dejarme con la palabra en la boca y a entrar en casa. Era como si quisiera dar pasos atrás y olvidar lo que había aprendido. Quería olvidar la resaca del día anterior y hacer ver que nada había existido, por miedo o por comodidad. Tuve claro que debía preguntarle algo básico que Patricia me había enseñado a valorar.

—¿Cuál es tu olor de la infancia?

Se quedó paralizado. Me miró en silencio. Supe que, aunque tardase, contestaría. Se tomó su tiempo, el mismo que dura la lucha interna de los recuerdos ocultos que te definen y que yo había vivido en mi propia piel en la playa junto a su hermana.

—El olor del vestido que mi madre se ponía cuando bailaba el vals. Se mezclaba con el de la colonia de mi padre, que siempre era excesiva. Y horas más tarde, cuando volvían del baile, oía sus voces bajitas, casi rozando el silencio, cuchicheando sobre cómo había ido la noche. Se quitaban los zapatos. Los dos calzaban un treinta y nueve, pies pequeñitos que les hacían pisar y sentir del mismo modo el mundo. Y entonces abrían la puerta de mi cuarto y miraban si dormía, y yo sentía el olor de mi infancia: el olor de la vuelta a casa de mis padres después de bailar el vals, que era una mezcla de todo lo que te he contado. Aún lo huelo. Pocas noches, pero algunas veces todavía me llega la esencia y me toca y me trastorna.

Era tan bello escuchar y sentir el olor esencial de otro ser humano. No sé por qué nos cuesta tanto abrirnos y volver a nuestros inicios. Luego solo repetimos sin sentido. Malditos adultos aburridos.

—¿No quieres sentirlo? ¿No quieres sentir esta noche en tu cuerpo el olor de vuelta a casa después de bailar un vals? Creo que por eso elegiste este curso, solo por ese instante. Ve, siente y baila el vals.

Me miró y se rio. Y luego me abrazó. Era tan solo un chico lindo que había andado perdido durante mucho tiempo.

—Se supone que solo eres el canguro —me susurró.

—Se supone —le susurré.

—No cuides hoy de Patricia. Ayer me di cuenta de que no lo necesita. No puedo seguir protegiéndola.

—Lo sé. Es ella la que nos protege a todos. He venido a despedirme. —Seguidamente le tendí la información que había encontrado en internet y que no sabía si alguna vez usaría—. Toma, es un curso de piloto. Son más de cuatro bailes, pero quizá es hora de que vuelvas a soñar con lo que deseabas ser.

Lo miró y lo cogió. Me dio la sensación de que, como mínimo, se apuntaría. Tras darnos otro abrazo, él partió a toda velocidad y yo entré en la casa al mismo ritmo que él. No deseaba perder ni un segundo de mi vida.

—¡Patricia! ¡Patricia! —grité.

A los pocos segundos apareció. Llevaba el vestido de vals. Imaginé que el de su madre, que seguramente se había salvado en aquella tintorería que debió de convertirse en su gran esperanza. La abracé y le dije lo que necesitaba contarle, todo lo que había aprendido y deseaba que escuchara.

—Desde que te conozco, mi vida ha cobrado sentido. Hoy me he despedido del trabajo de los cuentos y he quitado todos los anuncios de canguro que tenía por internet.

—¿Y lo de ser payaso?

—Me he dado cuenta de que todavía me gusta y que, desde allí, puedo amar todo lo otro, crear historias a través de mis tortazos falsos y cuidar a niños con mis actuaciones. Siento que he nacido para ello y no quiero dispersarme. Ignacio y yo nos vamos esta noche a recorrer el mundo dándonos bofetadas. No es una huida, pero aquí todo está contaminado para mí y acabaría cayendo en rutinas que no me ayudan.

—¿Eso es lo que quieres?

—Si te digo la verdad, lo que quiero es quedarme contigo toda la vida. Pero tengo la sensación de que lo nuestro solo puede durar…

—¿Cuatro bailes?

—Cuatro bailes. Somos una pareja que solo debe bailar cuatro bailes.

—¿Me concedes el último?

—Soy un poco pato bailando el vals.

—No, eres un canguro. Además, todo el mundo baila mal si baila bien el vals.

—Lo escuché hace poco. ¿Quién eres? Pareces uno de mis seres diferentes en un mundo clonado. ¿Qué te pasa? ¿Por qué…?

—¿Crees que con esas preguntas puedes conocerme más?

—¿Cuál es tu olor de la infancia?

—¿No lo sabes?

—El mismo que el de tu hermano, ¿verdad?

—Parecido pero diferente. ¿Bailamos?

—¿Con cuántos canguros has bailado?

—Eres el séptimo —respondió entre risas.

Creo que ya tocaba bailar junto a ella. Puse el tocadiscos, sonó un vals. Ella me miraba a los ojos como nadie lo había hecho, y ejecutaba con energía todos los movimientos. Yo me dejaba llevar por ella, como durante toda nuestra relación. Ella se sintió cómoda y comenzó a explicarme cuál era el olor de su infancia.

—Mi madre, después de ver a Javier, venía a mi habitación.

»Mi padre se quedaba en la puerta y mi madre se sentaba junto a mi cama y me miraba. Yo siempre estaba con los ojos abiertos, esperando a que ellos volvieran.

»Ella me decía "Si te cuento un cuento, ¿te duermes?", y yo decía que sí con la cabeza.

»Siempre me contaba el mismo: "El barquito chiquitito". Lo único que cambiaba era el ritmo. Podía elegirlo en forma de tango, foxtrot, vallenato, merengue, samba, bossa nova, pasodoble, polca, mazurca, blues, swing, charlestón, chachachá… En el ritmo que quisiese, y siempre tenía que ver con el baile que más habían bailado aquella noche.

»Me encantaba ese cuento; el barquito aprende a navegar solo, lo que pasa es que no sabía que podía hacerlo desde el inicio.

»Me gustaba tanto cómo olía ese barquito chiquitito y cómo surcaba el mar con tantos ritmos diferentes. Ese era y es el olor de mi infancia.

—¿Puedo pedirlo en vals? —pregunté.

El vals seguía sonando, y Patricia comenzó a cantar la versión en vals de «El barquito chiquitito» mientras bailábamos. Nunca una voz fue tan bella. Bailamos sin parar hasta que la música terminó y sentí que el olor del barquito chiquitito era tan salado como ese baile.

Me di cuenta de que yo era ese barquito chiquitito que naufragaba siempre y que no recordaba que podía navegar. Ella me había mostrado que sabía hacerlo, pero lo había olvidado. Fue como si aquel baile me sanara las pocas heridas que aún me dolían dentro de mí.

Cogí su Polaroid y le hice una foto para llevarla siempre conmigo.

—No te quiero olvidar, dos íes y dos aes. Me da la sensación de que sin ti nada será igual. Lo que no te cuente no habrá existido jamás, y eso me duele aunque todavía no haya ocurrido.

Luego le tendí un regalo. No era gran cosa, pero deseé que le tocara el corazón: una pequeña ilustración que había reconstruido a través del dibujo arrugado que había realizado su hermano y con la que le quería devolver parte de lo que ella había hecho conmigo, recuperando para mí a mi padre y situándolo en el lugar que necesitaba. Sabía que ya no podía quedarme más. Patricia ya no necesitaba un canguro, sino vivir su vida olvidando y recordando a su manera.

Abrió el regalo. Vio a sus padres de nuevo y fue

tan bello presenciar cómo los completaba, su emoción me es difícil reproducirla. Los sentimientos únicos se han de vivir. Los colocó en el centro del salón. Volvían a presidir aquella familia.

—¿Puedo darte una torta de despedida? —le pregunté antes de irme.

Patricia respondió que sí con la cabeza. Me puse delante de ella. Hice el amago de soltarle una torta, pero, cuando ella dio la palmada, la besé en la boca. Fue un beso largo y sentido en el que intenté plantar todo el amor que sentía por ella.

—Nunca te olvidaré, dos aes y dos íes, mi niña que pisa el mundo igual que yo.

—Yo tampoco. Jamás se olvida a un canguro; lo recuerdas toda la vida.

Era el momento de irme, pero de repente supe que eso no era lo que quería hacer. Estaba equivocado. No había elegido lo que deseaba. Seguía siendo un cobarde.

Tenía que hacerlo. Nunca había sentido tanto

amor por otro ser humano. Aquella chica que olvidaba me hacía sentir único cada día, tanto como mi padre. ¿Por qué volver a perder lo que me daba tanto bien y placer?

Era un ladrón, un tramposo, un cuentacuentos fracasado y un payaso, pero junto a ella me sentía honesto, imaginativo y divertido. El amor logra algo increíble, doma la personalidad y muestra lo mejor de ti.

Y se lo dije y las palabras me salieron solas:

—Quizá sea hora de que juegue a ganar. Mi niña, ¿te apetece recorrer el mundo dándonos tortas y encontrar nuestro quinto baile? Te prometo emociones, números increíbles de payaso, felicidad difícil de olvidar, muchos deseos y lugares con pedigrí para que llevemos abrigos normales-elegantes.

»Bailemos un quinto baile eterno, déjame cuidarte y cuídame tú a mí, protejámonos de lo imprevisible, de los accidentes y del dolor provocado por el roce de vivir. Y sobre todo no me dejes solo, porque me perdería.

Patricia sonrió llena de felicidad. Soltó un «sí» desde el alma y fue a hacer la maleta, en la que seguramente metería objetos mágicos que me ayudarían a no madurar.

Parecía que todo había acabado, aquello era el final de cuento que todo escritor desea para su relato.

Por ello, al estar por fin en paz, me sentí capaz de abrir la carpeta azul que me había dado mi padre y cuyo contenido hacía tantos años que deseaba conocer. Mientras ella preparaba su maleta, yo de alguna manera deshice la mía.

Abrí la carpeta, había muchos documentos dentro, pero lo primero que vi fue una carta de mi padre: su letra valiente, que siempre me inspiró, esculpida con su estilo en un bello papel de color índigo.

Azul, domador de volcanes:

Sé que mi muerte está cerca, seguramente me perderás antes de que cumplas las dos cifras. Te añoraré tanto.

No fui tu padre, pero tú me amaste como si lo fuese; tampoco tuviste la suerte de conocer a tu madre, una mujer maravillosa que bailaba contigo cuando estabas dentro de su tripa. Ella creía que pensando se crean los problemas y bailando se solucionan. Baila mucho en esta vida, Azul, y conectarás con aquellos instantes que viviste con tu madre antes de nacer.

Eres un niño especial, naciste en una isla donde todos iban a morir y perdiste a muchos demasiado pronto. Los que habéis sufrido tanto de pequeños, de mayores tenéis la obligación de ser especiales para el resto porque vuestra lucha debe iluminar la oscuridad que nace del roce de vivir.

Cuando leas el resto de los documentos, el libro que te adjunto y sobre todo la carta que te escribió uno de esos valientes que te rescató, entenderás por qué es tan importante que tu vida emita luz a pesar de los lobos que encuentres en el camino.

No te conté nada antes para no robarte tu infancia. Los veintitrés me parecen una edad perfecta para que conozcas tu pasado. Ojalá ese hombre a quien estoy hablando entienda lo que le digo y ame su caos aunque el roce de vivir se lo haya desgastado.

El roce de vivir es el gran enemigo de todo, son las situaciones, las personas y las desilusiones que nos roban la luz y nos llevan a odiar. Vive siempre a pesar del roce, y siente a pesar del dolor momentáneo que notes.

Amar tu caos significa creer en ser quien eres o en quien estás predestinado a ser. Amar tu caos es aceptar lo bueno y lo malo que posees y que te ha ocurrido rozando la vida con pasión.

Tu rebeldía es tu timón. Ama tu caos y el roce de vivir, Azul; es el peaje necesario, no te desgastes por ello ni dejes de vivir jamás.

No sé si te lo podré decir en persona. Los niños no sufrís por el roce de vivir, pero a los adultos nos llega a perforar la piel y, si somos estúpidos y no entendemos que eso es vivir, jamás nos sana ni nos sale costra.

Ahora depende de ti hacer lo que necesites, y creo que deberías viajar a esa isla, a tus raíces, ver el lugar donde bailaste con tu madre por primera vez, observar los volcanes donde yo esculpía héroes y aquel hotel donde unos niños que creían que eran cobardes se convertían en valientes.

Arriésgate. Esa es siempre la respuesta. Roza y vive, roza mucho y vive mucho más. Recuérdalo. La luz siempre vuelve si esperas lo suficiente.

Te amo,

Tu padre

Me emocioné tanto. Lloré como un niño. Él jamás había firmado como padre, y verlo escrito me rompió entero.

Sus consejos habían llegado en el mejor instante de mi vida y confirmaban que el rumbo que había tomado era acertado.

No sabía quiénes eran esos de los que me hablaba, pero no me importaba porque todo emanaba verdad y amor. Sabía que leyendo aquel libro que me adjuntaba, titulado *El mundo azul. Ama tu caos*, entendería lo que me contaba.

Lo que tenía claro era que mi caos me pedía amar a aquella chica olvidadiza que me comprendía y huir con ella para marcarnos un quinto baile sin fin. Y el lugar para ello no era el mundo entero, sino esa isla de la que me hablaba mi padre, donde encontraría todas las respuestas.

Mi padre tenía razón. A veces el roce de vivir es doloroso y te desgasta. Había olvidado quién era por culpa de la costra creada por ese roce vital que jamás se curaba y me impedía arriesgarme, amar y sentir nuevamente. Amar tu caos y el roce de vivir debería ser una asignatura obligatoria.

Patricia regresó con su maleta repleta de cosas mágicas y bellas, ajena al viaje emocional que yo acababa de tener, y se lo pedí nuevamente.

—¿Quieres amar nuestro caos y el roce de vivir con un quinto baile en el sitio donde yo dancé con mi madre por primera vez?

Ella sonrió y asintió. Seguidamente se acercó al tocadiscos a poner la canción de nuestro quinto baile. Sonó «Begin the Beguine», ese volver a empezar de Cole Porter.

—Sí, volvamos a amar nuestro caos y el roce de vivir —respondió acariciándome la espalda, en busca de mis alas, antes de comenzar a bailar—. Tus alas ya asoman. Te amo, Azul, serás el primer canguro con alas.

—Yo también te amo, mi niña, mi ángel de la guarda.

Era tan bello decirnos lo que sentíamos sin dudas ni miedos al roce de vivir. Y antes de abandonar aquella casa de cuento comenzamos a bailar ese *beguine* y de alguna manera volvimos a empezar nuestra vida.

Cuánto disfrutaba bailando con ella. Mi mami tenía razón, pensando se crean los problemas y bailando se solucionan.

Por fin estábamos preparados para amar nuestro caos y el roce de vivir. Cada uno era el ángel de la guarda del otro, el barquito chiquitito que había logrado navegar y, aunque la vida cambiase nuestro ritmo y nuestro compás, no volveríamos a perdernos jamás. Aquel quinto baile sería eterno.

Queremos compartir más momentos contigo.

Únete a la comunidad de Penguin Libros
y encuentra tu siguiente lectura.

¡Únete hoy!

Penguin
Random House
Grupo Editorial